有一種寂寞／是你忘了怎麼愛我

OL心聲代言人

雪倫

誰能料想到，
曾深深愛過的你我，
竟然成了最熟悉的陌生人。

序

給每一位值得被疼愛的你

我一直覺得「家」的問題，永遠是最難解的。

不管是從小出生的家，或是重新建立的家。所有情感都可以一翻兩瞪眼，但家人很難。有時候我都會想，為什麼可以這麼難？

我們都是從那個家裡開始學會怎麼愛人，學會怎麼被愛。但有些人總不是那麼幸運的，在那個家裡學不到什麼東西，倒是受了不少傷，然後忍不住想：他們不是家人嗎？不該是像歌詞裡寫的，我的家庭真可愛，整潔美滿又安康？

我身旁有太多被「家」狠狠傷害過的人。

但就是一聲「爸」或一聲「媽」，那些傷害就可以成立得理所當然，那些壓力就可以給得理直氣壯。那些殘忍的話語成了苦口婆心，那些自私成了無私，就因為有了血緣上的關係。在這個世界上最荒謬的一件事，就是所有的不合理都必須成為合理。

朋友不往來就好，愛人也是分開就可以算了。

可是家始終是難以拋棄的。因為不管你在那裡受了多大的苦痛，你始終對那個地方有個小小且卑微的希望，所以委屈求全、所以忍氣吞聲、所以用力付出，期待自己的努力會在某個時候會被看見。

可是看得見的人，不會裝瞎。

後來慢慢發現，家不是那棟房子，不是那本戶口名簿，是自己的心。只要自己能夠溫暖自己，就算只是一間四坪大的房間，也是屬於自己的家，人生所有的意義都是自己賦予的。

如果你正在所謂的「家」裡面受傷，無論如何，請先溫暖你自己。

雪倫

死去後的世界，
才會有真正的公平。

第一章

每個承諾後面，總有個人正在犧牲

你問我犧牲了什麼？我會告訴你，全部。

我是個沒什麼消遣的人，因為我總是忙著被老天爺消遣。人生最大的快樂，就是看著存摺裡的數字一天天變多，然後在某個瞬間又馬上大幅遞減。每當這個時候，我都只有一個想法：我這麼拚死拚活到底為了什麼？

為了什麼？我不知道，可能只是為了活下去吧！

我始終很難理解，為什麼別人好像只要呼吸就能活，我卻總是每天都累到快喘不過氣來。

眼前是我的客戶林老闆。我不知道他到底是早上沒刷牙，還是故意吃了大蒜才來跟我碰面？但這都沒有關係，有話好好說，不過真的不用靠那麼近。我已經在內心裡吶喊「你能不能閉嘴」千萬次，但我不敢真的說出口。這個月都到月中了，我的業績還是掛零。

我需要有人幫我開市。

「林老闆，這裡的位置真的很不錯，朝東面海，環境清幽，建築物外觀還是請日本設計師來設計的，完全符合你提出的需求。」我閃遠了一點，笑笑的再強調一次。

他又靠過來，「是很不錯啦，但有點貴。」

「價錢可以商量。」我說。

「五折？」他好意思？

「林老闆，你是大老闆呢，想也知道光是這個地點，這樣的裝潢，打九折我們都賠錢了，怎麼可能壓到五折？別跟我開玩笑了。」真的很難笑。

他又靠近了我一些些後說：「另外一間的業務說可以六折，妳拿不出五折，我就只能跟他買了啊，哈哈哈哈……」

哈屁哈？他呼出的臭氣直接衝到我的鼻間，我覺得自己好像跌在狗屎面前。但沒關係我能繼續忍耐，想到此時此刻，可能有成千上萬的人跟我一樣為了錢在各種折腰，我就覺得沒有什麼好難過的，反正大家都很慘。

林老闆的臭氣又衝向我，「五折啦，妳要做我生意，至少也要拿出一點誠意啊！我爸如果住得開心，我媽、我三叔，還有我們林氏宗親可以考慮全都跟妳買啊。」

我憋氣打斷，「真的沒辦法啦。」

他聽不懂人話就算了，不管我怎麼躲，他就是有本事在我面前張嘴，「可以啦！」

他一直說，我也一直客氣的回應，「真的不行啦！」

重複了上萬次後，我覺得我要休克了。就在我感受到他呼出的熱氣幾乎吹在我的耳朵旁邊時，我只有一個想法，就是我要活下去。於是我伸手用力推開他，受不了的吼，「你是聽不懂國語嗎？就說了不行，是要講幾次啊？」

吼完的那一剎那我就後悔了，差點要哭了。整個業務組就我這個月還掛零，原本以為今天可以破蛋，結果卻吼到破聲。

「妳現在是在囟三小啊？」他也很不爽的朝我喊。

我看他氣呼呼的樣子，只好上前一步，「所以你是三小嗎？」

吼都吼了，怎麼只能吼一半？反正這生意眼看是做不成，不罵回來的話，我不是更委屈嗎？結果他傻眼的看著我，罵了聲髒話，「妳再給我說一次！若不是看妳可憐，我怎麼可能跟妳這個女人做生意、講買賣？」

這個女人？這四個字打中了我的雷。

我有名有姓，不叫這個也不叫那個，女人剛好是我身為人的某個身分，現在是要跟我戰男女嗎？女人不能做生意嗎？

「說一百次也一樣！你爸如果知道他人都走了，兒子挑個塔位還在那裡討價還價，可能會被你氣到活回來！是你自己說要最好的位置，挑給你了還嫌貴，然後要打到五折？有沒有良心啊你？有錢人一定要這麼刻薄是不是？而且你都沒有聞到自己的嘴有多臭嗎？我都快吐了，你知不知道？」

他氣得還想反駁的時候，我直接上前去摀住他的嘴跟鼻。他悶哼了幾聲，然後推開我，彎腰作嘔。他是真心想吐，我很同情他，「是不是很臭？是不是很想吐？你剛剛就是一直這樣跟我說話的！賣生前契約、靈骨塔又怎樣？不用你可憐我！」

「我一定客訴妳，肖查某！」

「多謝誇獎，不送！」

林老闆氣沖沖的轉身走人，我也轉身面向那一片海，氣自己還不夠忍耐，但更氣的是自己為什麼要忍？我望著海，滿肚子的不爽像躲在海平面後，沒有人看到也沒有人發現，不像拍打在沿岸的浪花，漂亮的轟轟作響。我看著浪花，想著今天要怎麼結束？可能要不是往前跳，就是回公司死一次。

於是，我豁出去了，拿出手機撥給組長。

「組長，你是不是看我不順眼？」我淡淡的問。這個小我兩歲，每天只會泡夜店的董事長的老婆的表哥的堂妹的男朋友阿祥，某天就突然空降成了我的上司。原本還以為我有機會升職，但結果就是夢一場。

不過，說真的我一點都不在乎身分是組長還是專員，我在乎的是升職，可以多領一點點津貼和底薪。結果連這麼一點點的奢求都被傳說中「別人的背景」打碎，我只能摸著鼻子，再次忍下，畢竟可以不用上下班打卡，還有基本高底薪可以領的工作，我已經該感恩。

阿祥刺耳的聲音從電話那頭傳來，「晚姊，妳說這是什麼話？我們組裡妳最資深，我都還要向妳請教耶。」請教你個頭！

他說得真心誠意，但我出來討生活也不是一天兩天，我聽得出什麼是虛情假意。

我只覺得董事長的老婆的表哥的堂妹很可憐，不知道她清不清楚自己男朋友老是有不同的女酒友找上門，即便他每次都說那是客戶。而我也只能內心狂翻白眼，陪白痴男裝白痴。

「我可以請問一下，為什麼我這個月的自來客都這麼奇怪？」

「都是照輪的啊。」

「你發誓？」

「晚姊……」再叫一次晚姊，我髒話真的會飆出去。

「不要跟我說什麼都是運氣。你來之前，明明我業績都是第一名，怎麼你來了之後，我運氣就這麼背？不是遇到黑道大哥，出入聲色場所，就是一堆怪人。之前自來客我的成交率是百分之百，現在自來客全都是NG到爆。你真的是用照輪的？而不是過濾後把爛的留給我，好的讓你好朋友阿助去成交？」

我聽到電話那頭傳來拍桌的聲音，「葉如晚，妳不要亂說話喔，自己能力不足要怪誰？不爽不要做啊！」他說。

我真的差一點就要說，好！那老娘不做了。但就在我要脫口而出的那一瞬間，我的手機有插撥，看了一下螢幕，來電的人是我媽。我硬生生的把老娘兩個字吞了回去，對著阿祥說：「我是很不爽，但我不會不要做，勸你做人要善良，你知道公司規章註明得很清楚，組長不得私下或找人代接自來客，希望我不會查到些什麼。」

他得意的笑著跟我說：「妳不會查到的，因為我根本沒有那樣做，而且就算妳查到了又怎樣？有關係就沒關係……」係你去死！我直接掛掉他的電話。出社會這麼多年，不敢說見過多大風浪，但不要臉的人真的太多了，而他們永遠都是活得最好的那一群。

我深感羨慕，也深吸口氣努力平復自己的情緒，並且說服自己，已經那麼倒楣了不要再造口業的同時，電話再次震動。全世界我最不想接的電話，就是我媽的來電。每次接她電話，我都要做足心理準備，因為我不想對她不耐煩，更不想跟她吵架。但她總是能在說到第三句話時，順利勾起我的火氣。我只好再多深吸幾口氣，才壓抑情緒的接起。

「媽。」

「妳怎麼那麼久才接電話？」

「那妳怎麼會一直打？難道妳不會想，我有可能在忙嗎？」

「忙什麼？」

「賺錢。」

「這個月療養院的繳費單來了。」對，就這個第三句，像是灌進要爆炸氣球的最後一口氣，終究還是爆了。

「我不是把錢拿給妳了嗎？」我咬牙的說。

「有嗎？」

「有！妳要不要看一下通話紀錄？妳打給我的電話，都比我在手機設定的繳費提醒還要準時。月初就給妳了不是嗎？」

「那是療養院的費用？」

「不然呢？」

「我以為妳是要給我繳房貸的，所以我先拿去繳房貸了。」我聽了更火！

我們家的房貸，原本早在八年前好不容易繳完了，誰曉得我那愛做生意的大哥葉如明各種創業各種賠錢，欠錢欠到債主追上門來。我媽居然沒跟我爸商量，就把房子給葉如明拿去貸款還他的債。為什麼我爸好好一個人會中風住進療養院？不就是我媽跟我大哥的傑作嗎？拿我的錢去繳房貸，竟然還說得這麼理所當然？

「那妳去跟葉如明要。」我說。

「妳又來了，為什麼就不能體諒一下妳大哥？他現在也很努力在大陸賺錢啊，只是還沒有那麼穩定。他自己一個人在外面打拚，連家都回不了。」有一種兒子，叫媽媽的鑲金兒子。

想當初我大學半工半讀，每天在麥當勞打工，還拜託主管多幫我排假日的大夜班，就是想多賺一點錢的時候，葉如明一臉很天真的問我，「妳幹嘛那麼辛苦啊？跟爸要就好啦！」

那年我二十歲，他二十五歲。我爸五十八歲，剛被工廠裁員，靠打零工維持家計。而葉如明整天只想當老闆，他就是只想過上光鮮亮麗的日子，最支持他的人，就是我媽。我媽的觀念是養兒防老，女兒都只是賠錢貨，我時常想問她，現在這個家的賠錢貨是誰？

但我沒有問，我不想挑釁我那神經質的老媽，最後可憐的人還是我。

「我沒錢了，我這個月業績很差。」我說。

「妳不付，難道看著妳爸被療養院趕出來嗎？」

「爸可以回家，妳可以照顧他。」

「那我是不用工作了嗎？妳連療養院的錢都拿不出來了，我的生活費妳要給我嗎？我都這把年紀了，還去市場清垃圾賺錢，妳還要我怎樣？媽有怪過妳嗎？我跟妳拿的錢都不是用在我自己身上啊，是這個家！我把苦都往肚子裡吞，這樣還不夠嗎？我有要妳給我吃香喝辣嗎？」我不想聽了，把手機開成擴音放到一旁去，讓浪花的聲音和我媽自怨自艾的言語融合在一起。

十秒、二十秒過去，最後我媽的老台詞又出來了，「隨便妳要給不給，妳不給就等著看妳爸被趕出來，等著看我跟妳爸一起死。」

我媽直接掛了電話。而我真的很想跳海，有時候看著自己千瘡百孔的人生，都想打掉重練，但要從哪裡重來？我真的不知道。

我生在一個小康家庭，身為老二，除了葉如明以外，還有個妹妹葉如晴。沒有長子的幸運，也沒有老么的受寵，父母一人牽一個，我就是自生自滅的那個。這倒也無所謂，我從小就不特別愛爭寵，甚至成熟的覺得大我五歲的哥哥幼稚，小我五歲的妹妹天真。我從小就很會看人，他們也活成了我看到的那個樣子。

葉如明從小就敢要，他想要什麼就會說，比如限量版的球鞋和T恤。我爸聽到價格直喊你作夢，而我媽就是那個讓他美夢成真的小仙女，瞞著我爸各種偷給錢。羅馬不是一天造成的，葉如明會這麼大膽敢衝，絕對不是他有多勇敢，是因為他知道後頭有個拿著一包衛生紙等著幫他擦屁股的媽媽。

當葉如明第一次生意失敗，我媽拿私房錢出來幫他時，我就跟我媽說：「妳真的很不會教小孩。」她跟我冷戰了一個月，那是我覺得最輕鬆快樂的一個月。在我爸的調解下，我們母女才重新說話。她第一句話卻是跟我說：「看到妳這樣，我知道我真的不會教小孩。」

OK，好啊。

我當下真的很想再跟她吵，我相信一定能得到一年的耳根子清靜，但是看到我爸為難的表情，我還是忍了下來。那是我第一次徹底看清，一萬個葉如晚都比不上葉如明的一根腳趾頭。後來我幾乎是逼不得已要開口時，才會跟我媽說話，畢竟這個家真的很需要平靜。

雖然它真的很難平靜，也一直都無法平靜。

葉如明有他的問題，葉如晴也有。大學都快畢業了，結果突然人間蒸發消失不見，打她電話不接，只會回簡訊說她很好，對不起大家，叫大家不要擔心她。這到底是哪一國的廢話？

她的確很對不起大家，尤其是我爸！

我爸其實對待三個孩子都算公平，會比較疼愛如晴，是因為她從小身體就不好，所以大家也會盡量讓著她。還好她沒有葉如明的王子病，不會每天只想出鋒頭，但也讓她變成一個不懂世道危險的孩子，常有男孩子告白兼騷擾，我這個姊姊不得不出面保護她。天知道我一點都不想，尤其是打跑如晴男同學的時候，還被住在附近的學長看到。我一直暗戀的學長看著我，一臉害怕的表情，我就知道，我的初戀在那天宣告單方面的結束。

大的那樣，小的這樣。

我因此被爸媽投射更多期待，既然大哥沒個大哥樣，妹妹就要靠妳照顧了。每次我爸這麼對我說的時候，我真的很想問，如晴是沒手沒腳嗎？為什麼不能照顧她自己？但看到我爸憔悴的臉，我只能忍下了。

大家都覺得姊姊要照顧妹妹，於是父母給了我壓力。這也沒關係，我可以忍受，但我不能忍的是，身為大哥的葉如明不照顧我們兩個妹妹，還是活得消遙自在。我媽每天一樣幫他煮他愛吃的菜，卻總是忘了我的生日。

如晴起初不見的那幾天，我莫名成了罪人。我媽說我這個當姊姊的沒有盡到責任，我爸是不敢這麼說，但我看他望著我的眼神仍是有些失望的。我沒有一句辯駁，不是我不說，而是我覺得解釋這樣的事很荒唐。

如晴早滿二十歲，是成年人了，本來就該對自己的行為負責，她要去哪裡，我憑什麼管她？

明明前一天還跟我在房間吃消夜，誰知道隔天她的衣服就少了一半，離家出走連張紙條都沒有留下。當我媽說連絡不上如晴的時候，葉如明還在家裡看球賽轉播，是我和我爸衝出去找了我妹一整晚。一天、兩天過去，如晴沒有任何消息，大家總要有發洩的出口，這就是我在家裡扮演的角色。

就連葉如明都能罵我。我什麼都不想說，直到一星期後，如晴傳來了訊息，說對不起我，要我幫她好好照顧爸媽，向爸媽說一聲抱歉。

我真的火都來了，罵了她兩個字「自私」，結果又被我媽訓了一頓。我不能理解，她這不是自私，那什麼才叫自私？她可以去過她的生活，但自己的問題不能自己解決嗎？連對不起三個字都不敢說，憑什麼把問題丟給我就跑了，她的道歉到底能夠改變什麼？

接下來的兩年，如晴都只靠簡訊告知我們關於她的近況。而我從第一次回了那句自私後，就再也沒有回應過什麼，無論我爸媽要我傳什麼關心的話，我也始終沒送過一次訊息。明明他們也一人一支手機，為什麼要我傳？他們端著父母的身分，拉不下臉來關心女兒，那是他們自己要走過的關卡。我則一點都不想知道葉如晴過了什麼日子，我只知道面對聽到她名字就嘆氣的父母的人，是我。

我每天都在看父母臉色，一開始還會試著開導他們，但當我媽跟我說：「妳說得那麼輕鬆，那是因為妳根本就不了解當媽的心情！」我於是閉嘴，絕口不再提葉如晴離家出走這件事。

那這個家裡又有誰了解過我的心情？我為什麼要安撫他們的情緒？今天乖乖在家陪著他們的人是我啊！他們有沒有把我這個一直幫忙養家的二女兒放在心上？

我半工半讀好不容易念到大學畢業，本來還想繼續讀研究所，但看到父親身體變得更差，工作也是去一天就得休息兩天，我只好放棄繼續讀書的念頭。為了想多賺一點錢，我直接去應徵業務，我賣過美語教材、房子、車子、淨水器、保險、信用卡推廣。剛畢業的三、四年，我幾乎沒有讓自己休息過，葉如明則是每天都在休息和向我借錢。終於在我三十歲那年，好不容易把我爸身上背的貸款全還掉，想說我這個女兒已為這個家仁至義盡，準備想好好過自己日子時，離家出走兩年多的葉如晴回來了。

而且懷孕三個多月。

我真心傻眼，如果是在電視劇裡，我應該是要衝過去呼她兩巴掌的。可是我沒有，我氣到連走路都在發抖。看她哭著跟爸媽道歉，我爸媽也哭得一把眼淚一把鼻涕，一家團圓是該感動，但我一點都不覺得，更無法心疼這個離家出走，丟下父母和這個家不管的妹妹。尤其當她堅持要把孩子生下來時，我更是覺得她和我不同世界。她真的活在現實嗎？一個連自己都養不活的女孩子，要再養一個孩子，這是什麼道理？我真的霧裡看花。

「我反對。」我說，我比葉如晴更堅持。

「二姊，我知道妳在生我的氣，可是我真的很想留下這個孩子，我可以自己養啊。」葉如晴用她楚楚可憐的大眼看著我說。

「妳拿什麼養？妳身上有多少錢？妳打算給這個孩子過什麼生活？」我再問。

「錢再賺就有了啊！自己的孩子自己養，我不會拖累你們的。」

「那妳為什麼要回來？」我冷冷看著她。

這一句話又激怒了我的爸媽，我媽朝著我吼，「妳就這麼想再把妳妹妹趕出去是不是？」

我爸也很心疼我妹，「如晚，妳別再刺激妹妹了，沒關係，爸爸養好不好？爸爸來幫忙養！」

聽到這樣的話，我真的很絕望。

「你連讓我念書的錢都沒有了，你用什麼養？」我心死的看著我爸，我忘了自己不知道從什麼時候起，就打定主意我這輩子絕對不生小孩。現在想來，面對這樣的家庭，不想生孩子真的是人之常情。我真的不要我的女兒累得像第二個葉如晚，更不要把我的兒子寵成第二個葉如明。

「妳怎麼可以這樣對妳爸說話？」我媽又吼我。

「我說錯了嗎？你們養了我們三個還不夠累嗎？好不容易家裡可以輕鬆一點，為什麼要再自找麻煩？葉如晴今天如果有本事自己養，她何必回來？就是因為她知道自己做不到才回來找救兵的，不是嗎？」我說得很直接。那是因為我很清楚，為這個家在收拾爛攤子的人，是我。

萬一有天我爸養不了，葉如晴又沒有能力，誰要來幫忙？難道奢望只會躺著的葉如明？還是神經質又敏感的我媽？我知道很有可能還是落到我身上，我可以拒絕嗎？可以，如果我心狠一點的話。但我就是狠不下心，我爸媽難道不清楚這一點嗎？他們又何嘗不是在利用我的嘴狠心不狠？真的夠了。

「我會努力啊！」如晴哭著說。

「不要跟我講努力兩個字，妳努力過什麼？努力過妳的愛情？讓妳懷孕的那個人呢？為什麼不負責？為什麼是妳自己負責？妳告訴我啊，妳至少說個讓我心服口服的理由！」

葉如晴說不出話了，一旁躺著的葉如明才淡淡出聲。「妳幹嘛那麼凶啊，不要再逼小妹了，她想怎麼做是她的事，妳管那麼多幹嘛？」

我瞪著葉如明，「ＯＫ啊，你們想怎樣就怎樣，我不會再說第二句話。如果葉如晴真的要生下這個孩子，可以，我搬走，我不想幫她顧小孩。」

「那妳搬。」我媽也氣得這樣回我。

於是我當晚就搬出了我家，去和當時的男友徐柏傑同居。我和家裡冷戰了快一年，反正債都還了，也不需要再用到我的錢，我爸媽自然也沒有必要找我。後來是為了和柏傑結婚，我未來婆婆認為柏傑是獨子，不能只是登記，一定要有個婚禮，我又沒有其他預算去租一對父母來帶我進場，再加上柏傑堅持拜訪我爸媽，我不得不在時隔一年多後才再踏進了家門。

那氣氛之尷尬，我連回憶都是一種痛苦。

我看到我爸更了老了一些，我媽更憔悴了一些。她完全忘了當初對我爽快說了那句妳搬走，絲毫不覺得對我有什麼歉疚，拉著我抱怨帶孫子的痛苦，說著葉如明過去一年又賠了多少錢，家裡真的過得很辛苦。我媽整整說了一個小時，她以為我願意回來，是表示我願意先求和。我走的時候領了十萬塊給她，我爸紅著眼眶看我，要我媽不准收，但我媽怎麼可能不收。

而那天，葉如晴始終沒有走出房門，我也沒有進去看她。其實我該感謝她回來，好讓我有藉口離開這個家，過了一年多屬於自己的日子。雖然像個孤兒，像個沒有人要的小孩，過年過節有些孤單，至少我喘了口氣。

結果，我和柏傑結婚當天，我的爸媽還是沒有出現。我一個人代表女方，舉行了一場更加尷尬的婚禮。我可以看出來我未來婆婆有多不爽，除了道歉，我無言以對，但柏傑要我別在意，我們本來就不打算舉行婚禮，這婚禮其實是為他媽媽辦的，這樣就夠了。

但不夠，我成了婆婆心中最壞的媳婦。

當晚，家裡沒有人和我連絡，隔了一星期後，我爸才打電話來給我。柏傑看出我不想接，所以他幫我接了起來。然後我才知道，爸媽沒來是因為如晴病了，醫生診斷出她得了胃癌末期，媽媽還以為她這一陣子變瘦，只是因為帶小孩太累了，沒有想到竟會是這樣。我去看了如晴，她瘦到只剩半個她，我媽抱著她的兒子安安在一旁哭泣。

她虛弱的喊了我一聲，「姊。」

我走了過去，能從我口中吐出來的只有四個字，「好好休息。」

我不知道我要說什麼，更不知道我能說什麼，到底我家要多荒唐？接下來的日子，如晴接受治療，但醫生說因為太晚發現，其實已經沒有什麼希望了。但不是他說沒希望，我們就真的放棄希望，如晴漸漸的頻繁進出醫院，我爸家裡和醫院兩邊跑，我也拿出離家後存到的積蓄出來幫忙，葉如明我就懶得說他了。最後的最後，如晴還是死了，丟下一個一歲多的兒子。

這個世界就是沒有奇蹟。

她連到死之前也不說孩子的爸是誰，只是虛弱的拉著我手，「姊，我只求妳一件事，幫我照顧安安……對不起，這輩子沒能跟妳好好當姊妹，還欠妳那麼多，下輩子我還妳……」葉如晴講完她想講的，就再也沒有醒過來。

可是我不想幫妳照顧兒子！我也不想下輩子再跟妳當姊妹！妳什麼都不用還我，我不需要妳還，下輩子妳去當別人的姊姊，我也祝妳有一個不懂事的妹妹！我卡在心裡的那幾句話根本沒能說出口，她交代完就離開了，我連拒絕的機會都沒有，葉如晴到死都還那麼自私。

我爸媽傷心得不得了，而我也掉下了眼淚，不知道是氣哭，還是因為失去一個妹妹而哭。送走如晴的那一天，我和我媽在房間裡整理如晴的遺物，我媽突然問了我一句，「什麼時候要接走安安？」

「什麼意思？」我問。

「如晴不是把兒子交給妳這個姊姊了嗎？」我媽這麼對我說。

我頓時傻在原地，我很想問我媽，我在她心中到底是什麼？她到底有沒有站在我的立場替我想過半次？

「幹嘛不說話？」我媽問得理所當然。

「我要怎麼把安安帶走？我不用顧慮柏傑和我婆婆的心情嗎？她願意自己兒子去養別人的孩子嗎？妳知不知道妳和爸沒有出席婚禮，我婆婆到現在都還給我臉色看！妳有沒有想過去跟我婆婆道個歉，跟她說一聲，是我們當父母的不好，我們家如晚就交給你們了，沒有！妳和爸都沒有！然後現在居然要我把安安帶回家？媽，妳怎麼能一直對我這麼不公平？」

我剛說完，我媽就崩潰了，拿了枕頭就哭著丟向我。

「不孝女！這個家對我就公平嗎？安安這兩年來幾乎都是我在帶，我有年紀了，還有高血壓，我怎麼帶一個孫子長大？更何況是妳妹妹親口託付給妳的，妳現在不認帳了嗎？妳怎麼可以這麼沒有良心？妳是對妳妹妹多好？她生病的這一年多，不也是我和妳爸在照顧嗎？」

「我沒有拿錢出來嗎？我沒有繼續拚死拚活賺錢嗎？當初我堅持要如晴把小孩拿掉，是妳跟爸爸說你們要負責，是如晴說她會努力養小孩，結果呢？你們誰做到了？你們給的承諾為什麼是我來負責？」我真的沒辦法愛安安，我能給的只有同情。我可憐他，就像可憐過去的我一樣。

「他是一個生命耶，是我們葉家的孫子！怎能說不要就不要？當初再怎麼辛苦，我不也把你們都養大了？妳怎麼可以這麼沒良心？」

我和媽媽的爭吵聲又引來了另外三個男人，我爸、柏傑和葉如明。

「那叫葉如明養啊，他是大哥，如果我這個二姊要為妹妹負責，他就不用嗎？還是我們家根本沒有葉如明這個人？」

「喂！葉如晚，妳不要太過分喔！妳從以前就無視我，現在乾脆瞧不起我，當我不存在是不是？」

我根本懶得跟他多說什麼，我看著爸媽，心痛的問：「你們說啊！十八歲過後我就自己養自己，出社會就幫忙賺錢養家，現在要養安安，以後還要養你們，還是你們以為靠葉如明就會有飯吃？」

我爸走過來，直接給了我一巴掌，這是他第一次打我，朝著我吼，「不用妳養！我不用靠妳養可以了吧？給我滾！」我知道我戳中了爸爸的痛處，他一直覺得被裁員的自己很丟臉，得靠我這個女兒還貸款很丟臉。所以每當需要用錢，總是我媽跟我開口。他不好意思說，我也能明白，因此我始終沒有拆穿我爸的弱點，但在現實面前，誰都逃不掉。

我忍著眼淚告訴我爸，「你知道嗎？就算你今天打我這巴掌，我以後還是得養你，這就是我活在葉家的現實！」

我爸氣得要再打我，柏傑把我往後一拉，我閃過了一巴掌，可是還是閃不過命運。柏傑替我的直言直語向我爸道歉，要帶我走的時候，我媽衝出來拉住我，「妳現在是不管了嗎？妳真的要看媽媽累死才甘願嗎？」

葉如明過來抱著我媽，安撫著說：「媽，妳不要求她了啦，真的養不起，就送給別人啊！現在有多少有錢人家生不出孩子的，安安如果送給有錢人養，馬上變小開還是什麼繼承人，不是很好嗎？」

我爸吼葉如明，「你給我閉嘴，這個家裡就你最沒有用！都快四十了，一事無成，只會回家要錢，我怎麼會生出你這種兒子？」

葉如明鼻子摸摸就去旁邊立正站好，我媽還是不肯讓我走，繼續大哭大鬧了一個多小時，「妳現在是不是覺得自己嫁出去，跟這個家沒關係了？所以不管我們死活了？」

如果可以，我真的不想再管他們的死活。

當柏傑帶我離開那場鬧劇後，沒幾天，葉如明就打電話來，說我媽病倒了，我爸要照顧我媽，他又不會帶安安，叫我回家幫忙。

「請看護。」我說。

「我沒錢。」他理直氣壯。

「你到底有什麼？厚臉皮？」

「葉如晚，妳不要太過分，再怎樣我還是妳哥！」

「你意思是要我尊重你嗎？」

「難道不用嗎？」

「你到底做了什麼值得我尊重你的事？」

「妳不要在那裡跟我五四三，要請看護可以，妳拿錢出來，不然就回家幫忙照顧，不要在那裡說風涼話。」葉如明真的很有臉跟我這樣說。

「好，我會去找看護，就這樣。」

我說完要結束通話，葉如明又喊住了我，「等一下啦，那安安呢？」

「你和爸不能顧？」

「我現在忙著跟朋友準備開店的事，我哪有辦法顧？爸身體不好，妳要叫他怎麼顧啊！」

「那我要怎麼顧？叫我帶安安回家？然後叫柏傑跟我一起照顧妹妹的兒子？我說不出口！」我沒有自信能照顧一個孩子長大，更何況這孩子跟柏傑一點關係都沒有！

我直接掛掉電話，然後馬上找了看護去照顧我媽。結果晚上去探望我媽時，居然看到柏傑也在病房裡。我媽哭著求柏傑幫忙，要他體諒家裡的狀況，讓安安跟我們一起住。我媽真的有夠大面神，什麼都敢要求，對我就算了，連女婿的主意也敢打。

我走了進去，拉起一臉為難的柏傑。我冷冷的看著我媽，我媽心虛的擦掉眼淚，我看了看一旁裝傻的葉如明，猜到是他找柏傑來，讓我媽直接跟他說。我覺得葉如明和我媽真的讓我想吐。

「妳逼我就算了，逼我老公算什麼？他又沒有欠妳什麼！」

我媽馬上說：「我一個女兒養這麼大嫁給他，當初也沒拿聘金啊！」

我越聽越丟臉，忍不住反嗆，「那妳給了人家什麼嫁妝？」

我媽頓時說不出口，改用哀兵政策，「我就請你們夫妻幫幫忙也不行嗎？妳也看到妳哥了，這個樣子，怎麼有辦法照顧安安？我現在就只能靠你們了。柏傑，媽媽拜託你好不好？不然媽媽向你下跪！」

我媽說完還真的想跪下來。柏傑嚇得衝過去要扶我媽，我制止了他，換我跪在我媽面前，「妳可不可以放過我？」

我媽頓時哭得驚天動地，哭到連護士都來關切，最後柏傑只好妥協，「媽，我會和如晚一起照顧安安長大的。」

我媽馬上破涕為笑，完全看不出生病的樣子。柏傑扶起我的時候，我還在震驚，他怎麼會妥協？他怎麼可以妥協？甚至還幫我妥協？明明我們討論過的，他也擔心，帶安安回家他媽媽會不高興，我們能做的就是幫忙付安安的學費和生活費，再多真的沒辦法。不是都講好了嗎？他告訴我他會堅持，而我也相信他會，但沒有。

那晚，安安被我們帶了回家，我和柏傑大吵了一架。

「我也是受害者，我也很無奈，不能還能怎麼辦？如晚！我現在是想幫妳一起解決問題，妳為什麼還要來跟我吵？講難聽一點，如果妳能解決，需要輪到我出面嗎？輪得到我幫妳妹養兒子嗎？」

我看著他，知道從今天起，我在這場婚姻關係裡，因為安安而矮了一截，生活裡的平衡瞬間倒塌。我說不出話來，我和老公不再是互相，而是他已經覺得他幫了我更多，我得要更真誠、更乖巧的活著。

我從葉家來到了另一個葉家的樣子。

吵完後，我被婆婆叫進了房間，向婆婆說了上百次的對不起，但她沒有原諒我。

一直到五年後，我和柏傑的婚姻終究走向毀滅的那天，我婆婆都沒有正眼看過我一次。

有時候覺得自己像被秒針帶著走的分針，想休息一分鐘都不行。

第二章

不想活的時候，每條都是絕路

有些很厲害的人，總是能把絕路走成活路，像是葉如明。

什麼叫打不死的蟑螂？就是他。他在每一次生意失敗後，不知道哪裡來的勇氣和運氣，都會再找到願意跟他一起把錢灑進海裡，俗稱瘋子的人。

記得我還在念大學的時候，每天晚上打完工回家，就會看到葉如明和他朋友在我家客廳聊天，有時候兩個、有時候三個，他們會邊喝著酒邊討論得興高采烈，情緒激動高昂，不知道的人還以為他們是要反清復明，但事實上是在說要開什麼店。然後下星期就看他拿新的名片，叫我去班上和學校發送，拉拉客人。事實上，我也曾對他有過期待的，我也希望他真的能發大財，改善家裡的狀況。

所以我幫了，帶著朋友和麥當勞的同事一起去捧場，時不時還會去他店裡免費當服務生、發傳單。但有些人這輩子就是沒有生意頭腦，連成本都不會算的人，是要跟人家開什麼店？當時我告訴他，這樣開店是不會賺錢的。

他覺得我在觸他霉頭，吵了一架後，我就覺得自己不用太雞婆，讓他好好照著他的信念去經營，結果不到三個月就倒了。然後葉如明還跟我媽說，葉如晚都不肯認真幫他拉生意，也不去幫忙，害他忙不過來，客人都跑了。

Excuse me?

根本沒有客人，不要再自我安慰了好嗎？那次過後，他創業的事，我一字都不提，更別說參與了。每次我媽說這次妳哥要做什麼生意，我都當沒有聽到。就這樣一次、兩次，做了、倒了，隔沒幾天就會再看到另外兩個我從沒見過的朋友，又坐在客廳的沙發上，和葉如明一起在那裡談論夢想。

該不會最適合葉如明的工作，不是當老闆，而是詐騙集團的首腦？

接著，我大學畢業了，葉如明仍舊一事無成，靠我爸媽養。幾年過去，葉如明還是那個死樣子，靠跟我借錢當生活費，每次都會說：「等我賺大錢再還妳！」不曉得他說這樣的話，到底是想說服他自己，還是說服我。

希望不是說服我，我會覺得這樣他就真的太低估我的智商了。他自己傻，活在自己的世界就好，別拖我下水。

他的春秋大夢，在兩年前真的搞出了大事。他和朋友開了間網路公司，開發各種APP，原本在詐騙別人夢想和熱情的他踢到了鐵板，這次換他被騙，短短兩個星期，公司裡人去樓空，留下一堆債。當他哭著回來求爸爸叫媽媽，要大家幫他的時候，我媽問他到底欠了多少？

他說五百萬，我聽了差點衝去廚房拿刀子砍他。

要殺一個人有很難嗎？真的不難。

我爸難過的看著葉如明，最後對葉如明說了一句，「你自己處理。」然後對著我和我媽說，「誰都不准幫他想辦法。」之後就回房間。

葉如明像個不到糖吃的三歲要小孩，在客廳裡摔東西發洩。我媽求著自己兒子千萬別傷害他自己，我覺得好笑。

葉如明那麼愛他自己的人，只會傷害別人。

我看不下去，帶著那時才五歲的安安走人。離開家時，安安突然問了我一句，「舅舅什麼時候才會懂事？」我先是一愣，接著淡淡的回答他，「可能某年某月的某一天吧。」

結果一個月後，我幾次回家看不到葉如明，忍不住問我媽，他人去哪了，我媽才說他去中國了。好像很怕我會說什麼實話刺激她，我媽馬上又說：「妳哥知道錯了，他說等他在那裡成功後，一定會回來！」

說真的，他回不回來，我才不在乎。

「那他欠的錢怎麼辦？」我只在乎這件事。我才剛問完我媽，我爸就拿了掛號信衝進來，質問我媽是不是把房子拿去貸款，把錢給葉如明還債？我頓時背脊發涼，這間房子我好不容易跟著我爸還完貸款，我媽居然為了葉如明再拿出來重新貸一次？

「妳是不是瘋了？」我顫抖著問我媽，如果她承認她瘋了，或許我還能原諒她。

她卻大哭起來，坐在地上耍賴的捶胸，眼淚流了滿臉的說：「不然妳要我怎麼辦？難不成眼睜睜的看著兒子去死嗎？妳嫁出去了，如晴死了！以後是如明要養我跟妳爸，我難道不用支持他嗎？」

我知道我媽重男輕女，但寵兒子寵到這種地步，無視我的付出到這種地步，真的是往我心臟重重一擊。以前我只是氣，但現在我是痛，痛得無以復加，痛到說不出話來。

我爸氣得大吼，「你們就是一個惡妻、一個逆子！」他吼完的那一瞬間，整個人倒下，砰的好大一聲。

我媽嚇傻了，不敢哭了，我來不及再感受我媽給我的傷害，嚇得趕緊叫救護車。我爸命是救回來了，但腦中風半身癱瘓，換我媽崩潰了。

「我自己一個人怎麼照顧？我不會啊！」我媽就這麼哭了好幾天，我當然知道她一個人沒辦法照顧我爸，但會不會照顧，跟要不要照顧是兩回事，我看著我媽排斥的樣子，為我爸感到心痛。

「媽，妳是不想照顧爸對吧？」我紅著眼眶問她，換來她的咆哮。

「妳把我當什麼人了？妳是嫁出去的人，有辦法體會住在這個家裡有多辛苦嗎？」

「我是嫁出去了，但跟我還在家的時候有什麼差別？有事葉如晚，無事葉如明，不是嗎？」我冷冷的說。

然後，我媽就在醫院走廊上哭得呼天搶地，說我這個女兒有多不孝，我都聽膩了。最後，我媽連菲佣也不願意請，說不肯讓不認識的人住進我們家，硬是要把爸送到療養院。當然，現在在身旁的孩子只有我，所以費用得要我出。

「難道我有錢嗎？」我媽這麼說完後，我也很想問她，「那妳怎麼覺得，我就有錢？」但我沒有問，因為一點意義都沒有，我還是會輸，我葉如晚輸給爸媽，輸給身為這個家的人，我逃不掉。

於是我開始過著生不如死的日子，房貸一個月要還兩萬，爸的療養院費用一個月三萬，安安上幼稚園每個月的費用是八千多，我不吃不喝最基本的開銷就是五萬八。

我跟我媽說：「房貸我不付，那不是我借的，也不是爸借的，是妳兒子借的，真的還不出來，就把房子賣了。」我媽又開始罵我不孝，因為賣了，她就沒地方住了。她叫我請柏傑幫忙，等葉如明賺錢回來再還柏傑。

我看著我媽，心想她說這些話的時候，怎麼會連一點心虛的表情都沒有，怎麼能夠這麼理所當然？雖然帶安安回家那天和柏傑大吵了一次，但之後他還是幫我說服了婆婆，讓安安跟著我們一起住。當然我婆婆還是各種刁難不爽給臉色，這都沒有關係，我可以忍，我只是很對不起柏傑，原本講好的夫妻生活，硬生生多了一個孩子，我可以感受到他跟安安相處的尷尬。

他心裡有結，而且還是我繫上的，我很抱歉。

尤其每當安安叫我媽媽，叫他叔叔時，其他人就會投以異樣的眼光看他。久了我們也不出門了，就像是生活在同一個屋子裡的室友。婆婆不想看到安安，更不想面對鄰居的閒言閒語，直接搬到小姑那裡住了。照理說，家裡只剩我們兩個和安安，生活起來應該更舒服才對，但沒有，我和柏傑之間的距離已經太遠了。

我看得出他每次走向我的腳步都在遲疑，而我是連走向他都覺得抱歉，我怎麼可能還要他陪我一起負債？柏傑選擇跟這樣的我結婚，真的太可憐了。於是我媽要我跟柏傑開口的那些話，我一句都沒有說，我只是心情複雜的提出了離婚。

柏傑看著我，過了好久才說了聲，「隨便妳。」

隔天我們就辦好手續，整理好我的行李，帶著安安回我家。結果我媽一知道我和柏傑離婚，氣得大罵，說葉家怎麼可以出一個離婚過的女兒？

嗯？我聽了什麼？

那出一個欠債，又不養父母的兒子就可以？那出一個未婚生子的小女兒就可以？我真的很納悶，為什麼葉家對我這個女兒特別苛刻？還是我根本就是路邊撿回來的？我根本不是葉家女兒？

我媽一臉嚴肅的要我不准回家住，會被鄰居說閒話。

我傻眼反駁，「閒話有比錢重要嗎？爸住療養院要錢、生活也要錢，妳還讓我去外面租房子？妳有沒有搞錯？」我看著我媽，期待她給我一個合理的解釋。

但她乾脆不解釋，「妳就租個幾千塊的套房住就好了，而且我現在腦神經衰弱，晚上都睡不好，只要有一點點聲音就會醒來，安安又那麼活潑……」

「那還是換我租間套房給妳住？」我真的受不了這種理由。

「這裡是我家！妳要趕媽媽出去？」

「所以這裡不是我家？不是安安家？」我怒吼，「我為了這個家已經一無所有了，妳還不讓我住這裡？」

「所以誰叫妳離婚？啊？」我媽反吼我。

「難道我就該拖著柏傑跟我一起死嗎？他已經幫忙養安安到現在了，妳還要他做多少？他這輩子最大的錯誤，就是跟我結婚！有妳這種媽媽，我真的覺得我自己很可憐！」

我媽氣得瞪大眼睛說：「妳怎麼不說我嫁來這個家才可憐，妳爸有讓我享過福嗎？妳不是我生的嗎？妳可憐什麼啊妳？養妳長大，難道不用對這個家有回饋嗎？」

「妳養我長大？好，十八歲過後，學費生活費我都自己來，然後還賺錢給這個家。妳要不要算一下，妳花在我身上的錢和時間，跟我花在這個家的錢和時間，誰付出得比較多？該回饋的都回饋完了吧？我不欠妳和家裡什麼了吧？以後這個家的事都跟我沒有關係！」我轉身要走，我媽直接拉回我，賞了我一個巴掌。

「我是妳媽，妳本來就該養我、照顧我！」

「那葉如明呢？他是妳的兒子，我就是妳的奴隸嗎？」我心痛的說完後，轉身走人。腦海裡想著柏傑曾對我說：「妳就是太自以為是，自以為自己很重要。」

事實上，我從不覺得自己有多重要，只是要我放著爸媽、孩子不管，自己吃香喝辣過好日子，這樣的事我真的做不到。我只是比較有良心一點，但我不明白的是，為什麼我要活在一個善良是弱點的世界裡？

我要的不過就是這個家能夠給我一點點體諒，一點點就好。但在我活到三十七歲的現在，從未在我的家裡感受到絲毫溫暖，我所有的付出理所當然得的好像春天過去夏天就來，太陽西落月亮出來。之前去算命的師父說我這是在還債，妳要還得開開心心，下輩子就不用再還。

開開心心？我只能苦笑，只能給師父一百塊的紅包，因為我無法開心。

沒地方住的我，只能帶著安安，租了便宜的頂樓公寓，用最省錢的方式，改造了一下。現在不是很流行文青老宅嗎？這公寓絕對夠老！我偷偷的在當紅訂房網站登錄，當起日租型民宿的二房東，分租房間出去，賺點房租。

白天賣塔位給死人，賣房子給活人，晚上去跑保險業務，假日去百貨公司擺攤推廣信用卡，這麼拚死拚活，才夠我和安安一個月的開銷。只是這幾個月被阿祥搞得業績超差，頓時少了不少收入，我幾乎動用到僅存不多的存款在生活，這點讓我有點心慌。

所以我忍到現在才跟阿祥吵架，已經是我最後的底限了。

我望著眼前的海，幾次很想跳下去，還是沒有這麼做。我知道死從來就不能解決問題，如果我現在想不開，只不過是把自己的問題變成別人的問題。所以我只能轉身離開，準備回去面對現實，沒意外的話，等我回辦公室，經理就會約談我，問我為什麼業績這麼差還敢頂撞上司？

但沒關係，我剛望著海的同時，除了想死，也想了個脫身的理由。

我會跟經理說，應該是我八字太輕，剛帶客戶看塔位時才會卡到陰亂說話。我就是這麼沒志氣的人，因為我有個小孩要養，有個得住療養院的爸爸，還有個三不五時打電話來要錢的媽媽，人在現實面前特別容易低下頭。

活下去比較重要，自尊是什麼？我不知道。

當我轉身看著茫茫一片山景空地，我頓時傻了。我一時忘了剛剛是林老闆順道載我上來的，現在他被我氣走了，我要怎麼回去？這附近可是連公車站牌都沒有！我拿著手機試著求救，才發現我根本沒有朋友。查了一下計程車回市區的價格，我倒抽了口冷氣，決定用走的。

於是我一個人在山路上走走停停，幾次想攔順風車都沒有人願意載。突然我又聽到車子的聲音在我後面響起，我開心的往後一看，是一個身穿粉紅熊貓美食外送制服的員工，騎著摩托車從我身後過來。本來正要做出搭順風車手勢的我，無力的放下手，看著摩托車從我眼睛駛過。

我只好繼續往前走，就見那台外送摩托車調頭，騎到了我的面前停下。

「妳是不是要下山？」他問，我點點頭，他又說：「我還有一頂安全帽，可以載妳下去。」

我看著戴著安全帽和口罩，整張臉只露出眼睛的他，微笑說著，「弟弟，不用了，你後座不是還載東西嗎？這樣怎麼坐？」

「可以的。」

「可以？」我一臉疑惑，他用力的點點頭。

下一秒，我就戴著另一頂安全帽，後面背著他的粉紅色保溫袋，坐在他摩托車的後座。沿路只有風聲，氣氛安安靜靜的，我不想讓他覺得像是我的司機，而且人家好意幫我，再怎樣也要表達一些謝意，只好開始跟他尬聊。

「謝謝你喔，我一直都攔不到車。」

「不會啦，我剛好也要回市區。」他語調輕輕柔柔的，聽起來很舒服。

「沒想到，外送連山上都送啊。」我好奇的問。

「不是，我是去拜我媽，今天是她的忌日。」

我頓時尷尬。早知道就不要問了，尬聊就算了，還問到一個最難聊的話題。

他突然溫柔出聲，「那個……妳不用太嚴肅，我沒有怎樣，我爸媽過世很久了，沒事的。」我這才鬆了口氣，乾笑了幾聲，氣氛又安靜下來。

而粉紅外送袋就這麼貼在我的背後，熱到我覺得自己快要燃燒起來。看著風吹過他的短袖袖口，微微露出一截和手臂截然不同的白皮膚，我忍不住扯著喉嚨，問了我一直很想問的問題。

「做這個到底好不好賺？」最近很常看到外送車子在路上跑，好賺的話，我或許也可以試著跑跑看？增加一點收入也不錯啊。

他也拉大了音量回應我，「認真跑再加運氣好的話還不錯，但每天這樣騎車閃大車，其實很危險，如果不缺錢，建議不要來做，」

「誰不缺錢？要不是我年紀大了，去援交可能比較快。」我一說完，他嚇得抓不穩龍頭，車子搖了好大一下。他趕緊剎車，回頭露出驚慌的眼神看著我，我無奈一笑的說：「我開玩笑的啦。」

他才繼續催油門前進。

我忍不住再問：「還是你覺得，我就算再年輕個二十歲，也沒有本錢去援交？」

他又滑了一下，回過頭，眼神真摯的望了我一眼，「不是，是再缺錢都不能做傷害自己的事啊。」

我笑了出來，「欸，你又認真了。」年輕真好，我也曾有過這麼認真看待一切的時候。

「認真不好嗎？」他傻傻的問。

「認真的人，通常都沒有什麼好下場。」我說得冷冷靜靜，感受到他肩膀一僵，結果下一秒，砰的一聲，是響徹雲霄的爆胎聲。車子開始打滑，歪來歪去，嚇到我們兩個同時忍不住出聲，喔喔喔喔喔喔！啊啊啊！喔喔……

在丟臉的喊叫聲中，弟弟還算反應非常快的把車滑到山壁邊去。喔到最後，車子停住了，我們兩個也安靜了。坐在車上，還有些驚魂未定，不知道幾秒過後，我們同時開口的第一句是，「你還好嗎？」「妳還好嗎？」

再同時回答，「沒事。」

然後我深吸一口氣下車，往山路的另一邊看去。如果我們滑錯邊，真的是亡命鴛鴦共赴黃泉一起歸西，阿彌陀佛。我回過頭去，弟弟不知道什麼時候也下了車，戴著安全帽，站在我後頭，一手撫著胸口，重重的嘆了口氣，眼神裡也只有四個字，阿彌陀佛。

我們對看了一眼，眼神裡都是祝賀，還好沒死。

接著弟弟先回了神，拿出手機說：「我先打給修車廠，看能不能來幫我修。不好意思，可能要再麻煩妳等等，修車廠的人如果來，我會請他們先送妳下山。」

「沒關係。」我們沒有送彼此出山，就值得感恩了。

他走到一旁去打電話，安全帽也不脫，就這麼把手機塞進耳朵旁講著，再邊檢查他的摩托車是不是哪裡還有問題。我也拿出手機，一看不得了，我還想說我手機今天是見鬼了嗎？怎麼會這麼安靜？原來是我不小心按了靜音，就是連震動也都沒有的那種靜音。

短短一個小時，我的手機有十八通未接來電，有前天帶看房準備結婚的吳小姐，有要買旅平險的陳先生一家，還有上星期說要幫我辦四張信用卡做業績的林伯伯，還有還有，還有公司經理，他一個人就打了十二通。

我真心一抖，有種不好的預感。

弟弟正好講完電話走了過來說：「修車廠馬上來，妳再等一下下。」

但我根本不在乎，我現在只想知道經理要跟我說什麼。我趕緊回電，就聽到經理震耳欲聾的聲音，激動到連話都說不清楚。我實在很擔心我爸的中風病友會多一個，只能輕聲的打斷，「經理，你不要生氣，有話好好說……」

「說什麼說！妳馬上回公司，我來跟妳說！」他用他的台灣國語吼完我後就掛掉電話。老實說我並不意外，當阿祥以一個新人之姿接走組長的位置，我就註定在公司失勢。沒有人在乎妳曾為公司付出了什麼，因為他們給妳薪水，妳做的，不過都是該做的。

每個行業都有遇到瓶頸的時候，現在有健保，醫療專業又強，死亡率大幅降低，我們的客人自然也少了。再加上環保意識抬頭，年輕人工作又忙，不再像過去那麼傳統，記得怎麼祭拜祖先。火葬雖然是大宗，但環保葬法也開始受到關注，是我先提出樹葬、水葬的企畫給公司，公司才在這些大型禮儀公司裡殺出另一條生路。現在，公司裡的業務人員拿著在跟客人說明的簡報都是我做的，SOP也是我一路修改更新完成的。

誰說只要努力，成就不會對不起你？拜託，連薪水都對不起我！

但我不會怪經理，在這種家族企業裡面工作，選邊站是很重要的，我幹嘛想著年輕一點去援交？我應該直接去勾引董事長才對。畢竟我剛離婚的時候，他常私下想約我出去，我如果那時候答應，現在會不會比較不辛苦？

「被罵了嗎？」弟弟一臉關心的問我。

「無所謂，反正我每天被罵。」

他先是一愣，然後說：「我很想安慰妳說我也每天爆胎，但其實沒有。」我這次是真的笑了出來。他眼睛笑得微彎的說：「不過，一星期至少爆胎兩次吧。」

換我一愣，忍不住問，「你這樣半工半讀很辛苦吧？」

他正要回答時，我們聽到了車聲。回頭一看，來了兩個修車廠師傅，各騎一台摩托車，停在了我們的旁邊，高壯的師傅沒好氣的搥了一下弟弟的胸口，「你也拜託一下，平常破輪在市內就算了，這裡這麼遠還壞，是要累死我們嗎？」果然是一個星期爆胎兩次，才會和師傅這麼熟。

他笑笑的撫著被打痛的胸口，趕緊對師傅們說：「師傅，能不能有一台車先載這位小姐下山，她還要回去上班。」

另外一個師傅爽快的拍拍後座，「ＯＫ的！我送，小姐上車。」

我的確是很想快點回公司，但又覺得這樣有點對不起弟弟，他看出我的猶豫，把我推上了後座邊說：「不用覺得不好意思啦，是我說要送妳下山，結果害妳又浪費時間，快回去公司吧。」

我才剛坐上車，都還沒有回答，師傅就油門催下去直直衝了。我連謝謝都沒能對弟弟說，還差點向後彈出摩托車後座。趕緊抓住後頭把手才穩住重心，回頭看著和師傅在研究摩托車的弟弟，我其實很感謝，這麼混亂的一天，還有個人陪我這麼認真的倒楣。

我請師傅送我到最近的公車站後，就請他回去幫忙修車了，真心希望如此認真的弟弟有個美好的未來。

而我這種本來就不打算活太久的人，現在幾乎是棺材進了一半。反正我的人生再怎麼反轉也無法重新來過，我最美好的那段青春都在賺錢，雖然現在也是。

我唯一的奢望，是這輩子能安全下莊就夠了，每天叫醒我的從來不是夢想，只有現實。

我搭上公車回到公司，一進門就看到大家抬頭望著我，有看好戲的、有覺得妳倒大楣的，也有覺得妳可憐的，每一種都有。我在這間公司算是第二資深員工，原本第一資深的達哥後來去當訟經師父了，他覺得比較有尊嚴。

畢竟大家不敢對師父不禮貌，擔心死去的親人會聽錯經走錯路。

我的包包都還沒有放到椅子上，經理辦公室的門就打開了，對我臭著臉喊，「葉如晚，進來！」

於是我在眾人的目光中走進了辦公室，看到裡頭還坐著阿祥，我心裡更是有數。阿祥裝作抱歉的開口對我說：「晚姊，看在妳最近業績不好有壓力，本來沒有打算跟妳計較，可是我們講電話吵架的時候，剛好被老大聽到了。」

喔，就這麼剛好，全世界就你最剛好，你不要叫阿祥了啊！叫剛剛好算了，賭一杯珍奶，一定是你故意說到讓經理也知道的。

我都還沒有辯駁，經理就甩了資料到桌上，「自來客什麼時候打電話或是來店裡問都寫得清清楚楚，上面輪流的值班人員也沒有問題，妳馬上跟組長道歉！」這自來客的輪流表從阿祥來之後，就一直都是他在保管跟處理，誰曉得他到底拿了什麼給經理看？

我瞪著阿祥，還是沒志氣的說了一句，「對不起。」

我說過了，我不想失去這份我所有工作中，有底薪且最高的一份，更何況我爸媽和安安的勞健保，都還掛在這間公司。

「晚姊，我不會怪妳，我知道單親媽媽不好當。妳每天遲到，我也沒有讓人事扣妳薪水，甚至妳偷溜回家去照顧小孩，我也沒有跟老大提過，就是知道單親媽媽很可憐。我盡量給妳方便，但是業績真的要認真做，妳是我底下的人，妳業績不好，丟臉的又不只是妳，還有我啊！」

阿祥那張嘴什麼時候才會死透？

經理瞪大眼看我，「妳到底把公司當什麼了？自己不努力，還敢怪公司不給妳資源。妳本來不是很認真嗎？怎麼現在變成這樣？我對妳真的很失望。」

我也是啊，我對我自己，對這個世界都很失望。

「對不起。」我再說一次。

經理深吸口氣，丟了份檔案夾在桌上後對我說：「看在妳是公司資深員工的分上，不要說我不給妳機會。這個劉總經理他媽媽在醫院加護病房，已經發病危通知了，剛打電話來，要我們明天找人過去一趟，說明專案內容。這個客戶就交給妳了，如果妳沒有談成，就回家吃自己。」

「謝謝經理。」我拿了檔案夾後離開辦公室，一坐到位置上，櫃台的米娜就傳訊息給我，「晚姊，豬哥祥是故意走到經理辦公室前講電話的，就是想把事情鬧大，噁心。」

意料之中。

我打了電話給樓下的飲料店，請他們送一杯珍奶上來給米娜，謝謝她確認了我的猜測，是我沉不住氣，才給了阿祥弄走我的機會。林老闆連口臭都願意跟我分享，我該感恩才是。

我沒有難過的時間，打起精神回完了所有來電，做完所有客戶服務，一抬頭，就見粉紅熊貓的外送員提著下午茶走進。我頓時以為是弟弟，但一聽到聲音，不是那溫柔的語調，不是弟弟，我忍不住上前詢問外送員。

「請問一下，你們同事裡面有一個高高瘦瘦，眼睛大大，皮膚白白的大男孩，他是不是回到公司上班了？」

外送員一臉不明白的看著我，「呃，我們同事有好幾百個，加上外縣市可能有幾千個，我不知道妳在問誰，我們其實都是各自作業。」

喔，是我才疏學淺，我沒有叫過這種外送，所以我真的不懂，我只是希望他已經順利離開山上而已。

我回到位置上繼續工作，跟客戶確認見面時間後，就又衝出去忙了。跑了四個客戶，依舊沒有開市。但也只能打起精神，在幼兒園最晚接送的壓線時間前去接安安。他永遠都是留在幼兒園最晚的一個，我很抱歉，但沒有辦法，他得要忍耐，跟我一樣。

「媽！」他喊我。

他會喊我媽媽，也是我媽教的，說這樣兩人感情才會深，才會更有羈絆。真不知道我媽在說什麼屁話，大概是很怕我把安安又丟回去給她養吧！

總之，葉翔安就是叫我媽媽，我也努力的像個媽媽一樣照顧他的生活起居。但我照顧不了他的心靈，我沒有辦法給他愛，看到他，我就會想到不管我要或不要，就直接把兒子託付給我的葉如晴。

所以我很氣、我很怨。

尤其剛帶他回家時，他很不適應，每天哭、每天鬧，我和柏傑都很痛苦。為了讓柏傑能有好的睡眠去應付工作，我主動提了分房，自己照顧安安。每次他只要一哭，我就會比他更煩，很想對他說，困住我的人是你！你是有什麼好哭的？

但我怎麼可能說出口，我知道他會受傷，不管他幾歲，不管他聽不聽得懂，我說出那樣的話，他會難過。

所以我還是很努力，想扮演好一個媽媽的角色，只是我真的做得不好，非常不好。我知道安安很委屈，因為本來就打算不婚不生小孩的我，最後結了婚，卻搞砸了自己的婚姻，最後更有了個孩子。四、五年過去了，我從安安一點歲多接手到現在，仍然當不好媽媽。

或許是打從心裡排斥當一個媽媽，所以我的努力，對安安來說不過是一個用力想演好媽媽角色的人。我們兩人的相處，在他開始懂事之後，越來越有距離，尤其是最近，我們的相處狀態非常緊繃。

不知道從哪天開始，他變得不愛去幼稚園，甚至會跟我頂嘴。我就像一個瘋子，跟六歲半的小孩吵架，吵到最後我都覺得自己很丟臉。我試著好好跟他溝通，他卻是看著書邊嗯嗯哼哼的敷衍我。

我其實很無力，也不懂，叛逆期不是國中才開始嗎？他才幾歲？

我努力揚起笑容，對他揮揮手。他朝我走來，我看著他的樣子，有一張出去會一直被路人稱讚的臉，是個出去會受盡疼愛的孩子，我卻越來越無法主動伸手牽他。他長得越來越不像如晴，可能是像他的爸爸，但他的爸爸是誰，我不知道。

他只要一直以為我是他媽就好。

老師陪著他走過來，我拿過安安背後的書包，老師再次叮嚀，「翔安媽媽，不好意思，下次真的要麻煩妳早點過來接他。」

「對不起，剛好在忙，我會注意的。」我微笑回應，這樣的對話，其實不知道已經重複了幾百次。接安安很重要我知道，但生活也很重要。「安安，跟老師說再見。」

「再見。」他敷衍的說了一句後，轉身就走。我尷尬的向老師笑笑，跟上安安的腳步。我看著安安的背影，又是一陣心酸，我時常看著這個孩子的背影，難過得想掉淚。

就像我和柏傑離婚的理由一樣。他太可憐了，安安也是。

他們都是該好好被愛的人，可惜我卻忙得、累得無法去愛他們。站在一個阿姨的立場，我心疼這個六歲無父無母的孩子。但站在一個媽媽的立場，我除了累，真的沒有別的感想。

我嘆了口氣，快步走向安安，「你剛剛對老師說再見的口氣，很不禮貌。」

他手插在口袋裡，回頭看著我，「媽媽每次都那麼晚來接我，妳不也是對老師不禮貌嗎？」

我才想反駁，安安又馬上開口說，「對，我知道妳很忙。」

「葉翔安，注意你的態度。」我真的是忍不住火氣。

然後他哀怨的看了我一眼，回過頭去，繼續往前走。

我壓抑內心的無力，大步走到他旁邊，試著好好說：「你今天在學校是不是有發生什麼事？」他搖頭。「那你跟媽媽說，你最近到底在不開心什麼？」

他低著頭，踩著自己影子說：「沒有。」

「如果沒有，可不可以不要給媽媽臉色看？太晚來接你是我的不對，是媽媽沒有控制好時間，你可以生我的氣，因為媽媽也無法保證以後一定會準時接你。媽媽很努力了，真的很努力……」

他突然抬頭打斷我，「我不想上學了。」

「什麼意思？明天想請假？」

「每一天。」他說。

「給我一個理由。」我說。

「老師教的我都會啊，而且幼稚園很無聊。」

「但你現在就是該好好上學的年紀。上課不只是學東西，還有很多生活禮儀要學，而且你這年紀的孩子本來就該跟小朋友一起玩啊。」我說。

「我就是不要。」他倔著回答我。

「很抱歉，你不想去學校的理由不充分，明天還是得去。」我說。

「妳都不聽我說的話，那還問我那麼多幹嘛？」

我覺得我的忍耐到了極限，想吼他的同時，我的手機響了。安安趁機溜走，我邊追，邊接起電話。

「葉小姐，我這裡是上好養護中心，不好意思，想問一下什麼時候方便過來繳交這一期的費用呢？因為已經月中了。上次晚繳，我們櫃台跟會計都被老闆唸了一輪，聯絡葉太太，她只叫我和妳聯絡……」

我深吸口氣，「不好意思，我現在馬上過去。」我掛了電話，要放好手機又要繼續追安安的同時，不小心跌倒，摔在地上，窄裙裂開了一截，手掌上滲出了血。

——

就如同我一蹶不振的人生，痛到站不起來。

第三章

誰都無法對疼痛耍賴

我沒哭，就算我現在坐在地上，痛得要死，我還是沒哭。

印象中我是個很少哭的人，即便我有很多想哭的時候。如晴先是失蹤後來過世，葉如明欠債落跑，我爸中風住院，結束五年的婚姻，還有我媽每一次對我的無理取鬧，我都很想哭，但我幾乎沒有哭，是因為我沒有時間哭。

對我這樣的人來說，花十秒掉淚都是奢侈。

我得找妹妹、安撫爸媽。然後想辦法撫養妹妹留下來的兒子，解決我哥一次又一次的債務。要在我爸出院前找到值得信賴的療養院，還得花時間跟我媽吵架，好讓她閉嘴，並且讓我自己活下來。

解決問題總是比我發洩情緒來得緊急，我總是還在解決一個問題，下一個問題就又來了。我知道生活對大家來說都不容易，我也從不覺得這世界上就我葉如晚最可憐，我只求讓我休息一下。

真的，能喘口氣，過過幾天平靜的日子就好。

但很難，我沒在老天爺的好命名單內。

安安見我摔倒了，折返回來看我，張著他的眼睛巴眨巴眨的看我。他看我的樣子，像是我在看他的時候，那種想靠近卻又不知道怎麼向前一步的感覺，我不想讓他尷尬。

「不用擔心，我沒事，我可以自己起來。」我說完，努力起身，拍拍身上灰塵，假裝一點都不痛的笑笑，他的眼神才稍微安心了些。「我們先去看一下阿公再回家。」我說。

他點點頭，「可是妳手流血了。」

「去那邊剛好可以擦藥。」剛好省下買ＯＫ繃的錢，多好。

於是我們一大一小，踩著各自的影子前進。突然安安轉過頭來問我，「舅舅為什麼都不回來看阿公？」

好問題，他現在是生是死我也不知道。

「可能他忙吧。」我不想在安安面前罵自己的哥哥，只好忍住。

「我討厭舅舅和阿嬤。」他又突然說了這句。我愣了一下，拉住他問，「你知道自己在說什麼嗎？」

他點頭，眼神一瞬間大人化的說：「知道啊，我就是討厭他們。」

我瞬間愣了一下，「他們又沒有對你不好，為什麼討厭他們？」

安安開口說了一句，「但是他們對妳不好啊！阿嬤都對妳很兇。」

我已經努力避免讓安安看到我和我媽的爭執，我真的沒有想到他會說出這樣的話。我清清喉嚨，蹲下來看著安安說：「那是我跟阿嬤之間的事，大人的事你還不懂，所以你不用因為我討厭阿嬤跟舅舅。」

「討厭就是討厭，為什麼要懂？」我頓時啞口無言。

我努力想把他的世界點綴得完美無瑕，想讓安安在沒有污染的環境裡頭長大，希望在他眼裡所有的人都是好人。我最後悔的一件事，就是離婚後帶他回家那天，讓他親眼目睹我和我媽的爭執，親耳聽到阿嬤不讓他回家住。想跟他說說這件事的時候，他卻總說他要去大便。

原來，傷害早已造成。

我看著他，不知道該說什麼，他這小子倒是一臉很灑脫，繼續給我手插在口袋，然後對我說：「要走了嗎？」說完就轉頭走他自己的路。

我很不爽，「葉翔安，誰教你走路手插口袋？跌倒了怎麼辦？」

「但剛剛跌倒的人不是我。」他頭也沒回的說。我在想為什麼我媽一定要我照顧安安，大概就是派他來忤逆我，好報我頂她嘴的仇。我又不能教訓安安出氣，只能起身跟上，帶著他去便利商店，先買他愛的咖哩飯給他吃，再去提款機領錢。看著帳戶裡的錢越來越少，我真的心驚膽顫。

收好剛領的三萬塊，一轉身就看到安安嘴角還有咖哩醬，正打量著我，我差點沒被他嚇死。

「你不吃飯跑來這裡幹嘛？」

「妳是不是沒錢了？」他要說這話之前到底能不能看看場合？有多少人同時轉頭過來看我？

本來覺得糗，但後來乾脆豁出去的說：「我什麼時候有錢過？」這真的是實話。順便再抬頭看著現場本來看著我的人，大家眼神閃移，好像很怕我要跟他們借錢一樣。

「那我可以不用上學。」

我突然一想，「所以你是怕我沒錢才不想去上學嗎？」

安安眼神飄了一下，「不是……」他說到一半，我的手機響起來。我趕緊接起，安安還在解釋，「是我覺得學校太無聊，而且要念書，我自己可以念……」他的聲音我幾乎聽不見，只能好好的向客戶解釋儲蓄險是什麼。

不管安安說了什麼，掛掉電話，我只回他，「不行，你就是得上學。」

「那換妳說服我啊！」他居然拿我說過的話來坑我。此時我的手機又傳來客戶留的訊息聲，我忙回著客戶訊息，邊走回位置說：「你不用跟我吵這個，你幼稚園上完就要去上小學、國中、高中到大學，你就是要念到大學畢業……」

「我不要，在家裡也可以念書啊，為什麼要去學校？」他也坐回位置上，不開心的說。

「我說要去上學就是要去上學。」我忍不住提高音量。

他把剛拿起的湯又丟到了桌上，氣呼呼說了一句，「我不要。」

我當下真的很想好好揍他一頓，但我沒有，我只是收拾他吃到一半的咖哩飯，說了一句，「我說過，丟筷子、丟湯匙的話，飯就不用吃了。你可以鬧脾氣沒有關係，但明天娃娃車來，你照樣要上車。」

我伸手拿了他的書包走出便利商店，覺得這一天過得好漫長。

他大少爺也在跟我嘔氣，和我保持五十公分的距離，就這麼跟在我的身後，不跟我說一句話。一直到了療養院，裡頭的外籍看護和櫃台護理人員開開心心的跟他打招呼，他也不理，直接走進我爸的病房。

「他心情不好啊？」護理人員笑問。

「嗯，六歲半想蹺課的叛逆期。」我笑笑回應，接著拿出這個月的費用給櫃台人員。「不好意思，這個月又晚繳了。」

護理人員乾笑兩聲後說：「葉小姐，抱歉，費用的部分會多兩千塊，因為尿布和衛生紙上個月的費用也都還沒有結清。」我媽連兩千都沒有嗎？我趕緊再拿出兩千補上，「抱歉的是我，麻煩你們了。」

「沒關係啦，不過最近都沒有看到葉太太，她不舒服嗎？」

「沒有吧。」早上那麼中氣十足地對我吼，聲音聽起來應該很健康，「我媽很久沒來了嗎？」

「滿久了，可能有一個月了。」

「一個月？」我有點錯愕。當初我爸住進療養院，我媽還拍胸脯保證一定每天來陪我爸。我並沒有強求我媽一定要每天來，但一整個月沒來看看自己先生，是不是太誇張了？我也不是每次來看我爸就跟櫃台查我媽的勤，甚至從沒有過問。但我真的沒有想到會是這樣。

我媽到底在忙什麼？

我深吸口氣，草草結束和護理人員的對話，便去看我爸。一走近，就看到安安用他的小手在按摩我爸的身體。看著我爸的臉色一天比一天憔悴，醫生也說我爸最多就是像現在這樣子，我都好想問我爸：你想繼續這樣活下去嗎？

如果是我，我不願意，不過是一副只能呼吸的軀體。

看著其他病床上的老人，幾乎也都是無法下床行走，他們的世界就只剩下一張病床。其實，死不掉也是一種很大的痛苦。

身為女兒，我也只希望我爸能活得舒服一點。就算生病也不要太痛苦，這樣就好了。

在安安的按摩下，我爸眼睛緩緩睜開。看著他顫抖的身子，我可以感受到他開心的發抖。我喊了聲，「爸。」我爸的身子抖動得更明顯。安安也喊了，「阿公。」我爸的眼角濕濕的，我覺得再看下去，我眼眶也會跟著濕濕的，於是我去擰了毛巾給他擦擦臉。此時，我的手機又響了起來，我走到一旁去接客戶電話。

安安從書包裡拿出課本，開始唸課文給我爸聽。我就這樣在一旁處理著公事，突然 email 收到有人要訂房的訊息，而且是晚上就要住。確認好，我爸也正好聽著安安唸的課文漸漸入睡。於是幫我爸蓋好被子，便趕緊帶著安安離開。

一走出療養院，他又說：「我明天不會坐娃娃車。」

我忍住，「我現在不想跟你吵。」

「反正妳只想講電話。」他說完甩頭就走。我氣歸氣，不得不說，他這個甩頭的姿勢，跟我大概有八十七分像。雖然他不是我生的，但安安有很多方面的確很像我。

也許是把他教壞了，不過我不會跟葉如晴道歉的。

此時電話又響起，我仍光明正大的接起，因為不接就沒有錢賺，沒有錢賺大家就等著餓肚子。我知道安安很不爽，他可能覺得只要他不念書，我少負擔一點，就可以不用這麼忙，所以才吵著不去上學。可是我不可能用他的方式來解決問題，所以他還是可以繼續不高興，我還是會在我們吵架的時候接電話。

我只是不懂，我明明電話都接不完了，為什麼業績還是這樣？付出沒有回報的時候，生活真的就會只剩髒話可說。

搭公車回家的路上，安安不跟我說話，自己看著書。而我也感謝他沒有跟我話，因為我忙著回訊息，根本沒有時間陪他說話。

結果一下公車，他就開口說：「我肚子餓。」是不是很欠罵？好好吃飯的時候要吵架，現在又喊肚子餓。

「回家煮麵給你吃。」我說。

他搖頭，「我想吃麵包。」小孩就是一種你常常很想打他，但從來沒辦法出手的生物。我時常被葉翔安惹毛，可是我唯一自豪的，是我從沒有打過他。現在想想，是不是該修理他一下，他才會變得比較乖？

但事實上，我不敢惹他，我真的很怕他又哪條筋不對找我麻煩，到時候被煩死的人是我。我努力壓抑煩躁，點點頭，「好，但你只有五分鐘的時間可以買，我還要回去換床單，等下有客人要入住。」

他沒有聽我說完，就衝進一旁的麵包店。我準備進去幫他付錢時，看到一道熟悉的身影走來。是徐柏傑，我的前夫，和他現在的女朋友同行。

為什麼我會知道？因為離婚這一年多來，我時常會偷看他的臉書。看到離開我的他升職，看到他跟朋友快樂聚餐，看到他新交了漂亮的女朋友，也換了新工作。和我結婚的那五年婚姻，成了他這輩子最痛苦的地獄。

幸好他逃出來了，沒有跟著我一起沉淪。

決定離婚的那天，他就幾乎再也沒有跟我說過話，畢竟也沒有什麼財產需要分配，也沒有小孩要爭監護權，我們斷得很乾淨。辦好離婚登記的那天，我的行李已經收得很乾淨。我只記得走出戶政事務所的那一刻，感覺應該要說幾句祝福他的話，但我沒有開口的機會。

他走在我前面，邊打著電話邊遠離我的視線。這告訴我，從今以後，我們就是像這樣形同陌路的陌生人。於是，現在我想假裝我沒有看到他，準備要走進麵包店時，安安不知道什麼時候跑了出來，也剛好看到了柏傑，他忍不住喊出，「叔叔！」

原本和女朋友聊得正開心的他，一聽到安安聲音轉頭，剛好和我的眼神對上。看到前夫的感覺，比遇到前男友的心情還複雜了許多，我頓時不知道怎麼反應。他的女友見我們同時愣住的樣子，忍不住問：「你們認識嗎？」

徐柏傑冷冷回應，「不認識。」然後就牽著女友走人。我愣在原地，腦海裡都是那一句「不認識」在重複循環。我轉過頭看著他，心裡面唯一想對他說的就只有三個字：對不起。

當自己成為某個人完全不願想起的回憶，真的很悲哀。

我葉如晚真的很悲哀。

安安一臉疑惑的看著我，「叔叔生病了嗎？」

「不要亂說。」我深吸口氣將我的視線移開，才如此回應安安。

「那他怎麼會說不認識媽媽？」安安又好奇問我。雖然他是個很會看眼色的孩子，但大人的世界向來危險，他再聰明也不可能搞懂。

「你聽錯了。」我真的不想再繼續這個話題。「選好麵包了？」

「嗯，要付錢了。」他說。

於是我打起精神結完帳，帶著安安回家。整理了客房的床鋪，打掃了一下房間，邊喊著要安安快點吃完麵包就去洗澡。但一向都是我說我的，他做他的，非常有個性。當我做完準備，把住房需知好好的放在書桌上，已經晚上十二點多了。我很擔心會不會又被客人放鳥，不得不說，現在的人信用感真的很低落。

我走出房門，就見葉翔安還跟沙發融為一體的在看電視，火氣都來了，咬牙切齒的說：「都幾點了，你還在看探險活寶？」

「我明天不用上學。」他又在作夢。

我迅速關掉電視，「馬上給我去洗澡。」

他這才甘願離開沙發。此時，我房間裡的手機又響了。我回房間拿起手機一看，是我媽！剛好，我正好有事問她。我接起電話，也順手關上房門，跟我媽對談從來沒有好話，不能讓安安聽到。

「妳去療養院繳錢了沒有？」她劈頭就問。

「妳這個月在忙什麼？為什麼都沒有去看爸？」

我感受到她在電話那頭一頓，然後她反駁我，聲音聽起來很飄，像是惱羞成怒的朝我吼，「我感冒了一個月，我怕傳染給妳爸，所以才沒有去，而且，我就不能有自己的生活嗎？輪得到妳來質問我嗎？」

自己的生活？

這五個字我連想都不敢想，我媽居然這麼理直氣壯的跟我提？我當然不會阻止她過自己的生活，但也不能把她想要的生活，建立在我的為難和痛苦上吧！照顧病人很累，我當然明白。也是我為了體諒我媽，想讓她有空間，才狠下心把我爸送進療養院。但那麼久沒有去看爸爸，我心裡過不去。

「妳真的感冒了？但妳打來叫我繳錢的時候，聲音聽起來都很健康啊。」好，我就是不孝，因為我真的無法打從心裡相信我媽。

「葉如晚，妳現在是以為拿錢出來的人最大，就可以這樣對我說話嗎？」

「妳能不能好好回答我的問題？我只想知道妳到底在忙什麼？葉如明丟下一屁股爛債，爸住在那裡也要花錢，如果連妳都有事，我跟妳說，我們就一起去死好了，我受不了！」

「呸呸呸！妳這是在詛咒自己媽媽嗎？放心，我知道妳沒錢，妳永遠都在說妳沒錢，我怎麼敢奢望妳？我還是靠妳哥比較實在，人家他……」

「他怎樣？妳聯絡到他了？叫他滾回來還錢！」我氣炸了，當初我哥去中國之後，我就一直跟我媽要他的聯絡方式，甚至做好去一趟中國的打算，就是要他面對自己的錯。結果，我媽一直裝蒜，說什麼她真的不知道，葉如明一直沒有跟她聯絡。我本來就不信，但始終套不到我媽的話，現在不小心說溜嘴了是嗎？

我媽嚇得立刻反駁，「我怎麼可能聯絡得到他？我比妳更想找到他好不好！不說了，只是要問妳到底去付錢了沒，這樣也要被妳凶，我這個媽真的當得有夠沒有尊嚴！」我媽說完就掛了我電話。要不是缺錢，我手上這支手機這下就被我氣到失控摔爛了。

這就是現實，窮人連洩憤都要省。

我氣得全身發抖。安安突然開房門走了進來，手上還拿著一疊現金，「媽媽，客人已經來了，是個漂亮的阿姨，她說她會住很久，這裡有錢。」

沒想到客人在我和我媽大吵之際來了，我完全沒有聽到門鈴聲。接過安安手上厚實的現金，頓時很想去向訂房的李巧漫小姐下跪，因為衣食父母才是真父母。

然後，下一秒，隔壁房間就突然傳來咆哮聲，「去你媽的高樂群！你真的會不得好死！」

我和安安面面相覷，安安說了一句，「她喝醉了。」

又是一個藉酒澆愁的女人。

我算了一下金額，把兩百二十元給安安，「去跟李小姐說，這些夠她住兩個星期，零錢是找她的。然後叫她哭小聲一點，我等一下可能還得聯絡客戶。」做業務就是這樣，客人說什麼時候有空，你就是只能那個時間聯繫。

但我沒忘記叮嚀他，「然後你就給我去洗澡、睡覺。聽見沒有？」

他聽見了，但就是不肯回我，拿著錢走出我房門。我無奈，只得先處理客戶的事。忙到暫時告一段落，就看到安安已經自己洗好澡睡覺了。我經過客房門前，見門半掩著，正好看到李小姐像一具屍體躺在地板上。我本來想當沒看到，後來還是雞婆的走進去，把棉被拉起，蓋到了她的身上。

我忍不住對著睡著的她說：「別為了一段失去的感情哭，因為人生還有很多讓妳掉淚的機會。」我和柏傑離婚時，就是這樣告訴自己的。眼淚很珍貴，不能輕易掉下，那是我最後的防線。

我離開了她的房間，回到我房間，忍不住再滑了一下手機，看到徐柏傑的FB上面多了一篇新貼文，上面寫著，「地球太小了，小到這輩子最憎恨的人會無預警出現在你眼前。」

他是在說我嗎？應該是吧。

我以為我們分開得很和平，至少沒有大吵大鬧，很乾脆結束。沒想到，他竟然會這麼討厭我。我很難過，我真的很難過，因為我沒有任何可以反駁他的理由和資格。我知道我是全天下最糟糕的前妻，一加一應該要大於等於二，而我和他加起來，卻總是小於零。

我放下手機，好好的洗了個澡。凌晨兩點半，我自己一個人坐在餐桌前喝酒。其實，不管在葉家還是徐家，甚至是現在，我好像都只有一個人。

會孤單就是會孤單，不管妳身旁有沒有人。

睡不到三小時我就起床了。去刷牙時，發現客房門沒關，裡頭的李小姐不知道跑去哪裡了。我突然間想，是不是不該賺她的錢？感覺好像是個麻煩人物。我最怕警察找上門來，說在哪個溪邊哪棟大樓下找到這個人，而她最後的出入地方是這裡。越想越可怕，覺得晚上遇到她，要好好跟她說一下。

我快速整理好自己，然後去搖醒安安，同時邊做早餐，邊看著昨天經理給我的客戶資料，邊拿出安安今天要穿的衣服，媽媽就是這麼忙。安安還是不起床，氣得我去站在房門口盯他，他才不甘願的動作著，害得我的培根差點焦掉。

好不容易伺候他上桌吃飯，我也準備拿起牛奶喝一口時，安安突然問了我一句，「我的爸爸呢？」

我差點沒有嗆死，「不知道。」事實上我真的不知道。

「為什麼不知道？」他又問。真是個好問題，我為什麼不知道？我為什麼他媽的不知道？

「吃早餐。」我說。

安安沒有打算放過我，「我想找爸爸。」

我覺得我的耐心到達極限，也不想再應付安安，最後直接說：「你沒有爸爸。」

「不可能，我一定有爸爸，沒有爸爸就沒有我，小柚子老師說的。」他很堅持，還繼續問：「為什麼我沒看過爸爸？他去哪裡了？」

「我說了我不知道！」我真的忍不住大聲。

他也朝我吼，「我就是要找爸爸！」

我氣到不行，「好！要找可以，等你十八歲了，你想怎麼去找，我都不會攔你！但現在你不要跟我吵，馬上吃完你的早餐，背好你的書包和水壺，我已經傳訊息請小柚子老師上來接你去坐娃娃車。」

我極力保持冷靜，拿了我的包包和資料下樓。但天曉得我有多倉皇，我差點就要被一個六歲半的小孩逼到喘不過氣來。我不知道他什麼時候開始在意起爸爸這種生物，之前他從未問過我半次，我也一直把爸爸這兩個字放到旁邊不想去。不是沒想過他會問，但他居然跟我說他想找爸爸？

是我這個媽媽給他不夠多的愛，所以他想逃離我，去找爸爸是嗎？我不知道，越想就越是不安。安安是個固執的孩子，他比我還要倔，我到底要怎麼跟他解釋才對？我不想騙他，因為謊言就是謊言，不分善意還是惡意。

如果我誠實的說出來，他也會知道我不是他的親媽媽，到時候他可以接受嗎？我真的慌了，我只害怕安安會受傷。這時候又忍不住想抱怨我媽，讓他從小開始接受事實不就好了嗎？硬要安安把我當媽。

我無法多想，手機上顯示的時間，提醒我九點跟劉總經理有約，而我又快遲到了。我趕緊加快腳步，追著差點就在眼前開走的公車，氣喘吁吁的接受車上眾人指責的目光。說真的，我比任何人都還想找到安安的生父，我一定會找人打死他，他一個人搞砸了如晴和我的人生。

王八蛋。

很快的抵達劉總經理公司的樓下，發現我還有十分鐘的餘裕時間，就算剛剛和安安吵了那麼一架，都覺得沒關係，今天應該會比昨天順利吧？正當我邁開腳步要走去按電梯時，經理來電了，我馬上接起。

「經理，我已經在劉總公司了，正要上樓。」我聲音帶著自信。

「妳有沒有帶個小禮物？」他問。

「為什麼？」我不能理解。

「妳沒有去打聽一下嗎？劉總不喜歡人家雙手空空去找他。」我沒有雙手空空啊，我一手資料一手包包，我的手很忙。我試著跟經理溝通，但他沒有要理我的意思，「劉總公司附近有間綠豆沙牛奶，他很喜歡，不然妳買一杯去給他，展現一下誠意。」

「但再繞去買，我一定會遲到的。」

「一、兩分鐘還好吧。」經理這樣說了，我還能說什麼？

只好馬上掛掉電話，衝了出去，打開google map，找到了那間有名的綠豆沙，排了五分鐘的隊，終於買到，再衝去劉總公司。

等到我站在他面前時，我已經遲到了十分鐘，而劉總的表情非常不爽。

「劉總不好意思，我想說天氣熱，幫你去買杯涼的，這是附近有名的綠豆沙牛奶……」

我說到一半，劉總就冷冷打斷，「我最討厭綠豆了。」頓時我整個人從腳底麻到頭頂，到底還能多尷尬？

我馬上道歉，「抱歉、抱歉，下次買別的來跟劉總賠罪。」

「不用了，快開始吧。」他說，語氣明顯透露不耐煩。我仍舊扯笑臉和他一起入座。正趕緊拿出所有資料時，我的手機響了，是我媽打來的。我馬上轉成震動，對著劉總再道歉，「不好意思。」

想開始介紹專案的同時，震動聲一直響起。劉總表情非常不耐煩，我嚇得想調成完全靜音，但這手機有時候怪怪的，一直調不好就算了，最後還不小心接通，甚至變成擴音。我媽那嚎啕大哭的聲音，就從手機傳來，「我怎麼那麼命苦啊，都幾歲了還這麼慘……」

劉總伸手比了比外頭，我趕緊出去外頭通話，但螢幕觸碰好像出了問題，我怎麼都關不了擴音模式，只能用手摀住喇叭，像摀住我媽的嘴一樣，「怎麼了？」聽到我媽突然哭成這樣，雖然覺得莫名，但我還是會擔心。

「我到底做錯什麼？為什麼老天爺要這樣對我？不然我去死好了，我去死啊！」我媽說完最後一句，就結束通話了，然後不管我怎麼回撥就是不接。

突然一道聲音在我身後響起。「妳先去忙，忙完再回來談。」我回頭，就見劉總在我身後，一手拿著我的資料，一手拿著我的包包。

我再次道歉，「對不起，劉總，我去看一下我媽，只要半小時就好，我馬上回來，真的很對不起。」

他皮笑肉不笑的扯了一下笑容。我接過我的東西後就衝了出去，也不敢花時間等公車，就怕我媽真的出了什麼事。我搭了計程車，一路上不停回撥電話給我媽，但她都沒有接。

到了家門口，我直接塞了五百塊給司機，急著要衝進去，還要他別找錢了。

我真的是用衝的衝進家門，就見我媽呆滯的坐在沙發上，身上衣服是濕的。我嚇得狂問：「媽，妳到底怎麼了？為什麼衣服都濕了？」

我媽面如死灰的指著廁所，我趕緊過去廁所一看，水龍頭的水一直噴出來。我馬上拿出十元銅板，先關掉水龍頭旁邊的止水閥，把水停了。

我心也冷了，走到客廳看著我媽說：「讓妳要死要活的事，該不會就是水龍頭壞了？」

我媽這才回神，「妳這樣說話是什麼意思？水一直噴出來，我真的不知道要怎麼辦啊！我又不會修，我很怕啊！」

「怕什麼？就只是水，不會修，妳可以打給水電師傅啊！打給我哭成那樣，我以為是發生什麼大事，坐了二十分鐘的計程車回來，居然是為了水龍頭壞掉。媽，妳有沒有搞錯？」

「我有事不能找妳是不是？」她很不客氣的吼我。

「妳不是有事沒事都找我嗎？但妳知道我剛才在幹嘛嗎？我在跟一個很重要的客戶談案子，結果妳一直打來！」

「妳可以不要接啊！」

「那妳就不要一直打啊！妳有哪一次不是打到我接才肯放過我？」我氣得大吼，「妳知不知道今天這個客戶有多重要？如果我沒有談成，我工作就丟了！家裡每個月要用那麼多錢，妳告訴我，錢要從哪裡來？我沒有要妳幫忙我什麼，但我求妳不要扯我後腿行不行？妳能自己解決的事，可不可以自己解決？」

「葉如晚！妳是在凶什麼？我如果會解決，何必找妳？妳不用對我這麼不耐煩，好，妳走！我以後都不會打給妳，這樣妳開心了嗎？就當我沒妳這個女兒！」我媽火大的推了我一把。

我真的很想哭，就差一點點真的掉下眼淚。我有些哽咽的回應我媽，「有時候，我還真希望我不是妳女兒。」

我轉身走了出去，聽著我媽在我背後崩潰哭喊著，「我上輩子到底做錯了什麼，這輩子才來還債？老公病了，兒子不見，現在要看女兒的臉色過日子，我幹嘛活著？被女兒這樣瞧不起！老伴！躺在病床的不應該是你，是我才對！才不用這把年紀了，還被女兒欺負……」

我不能認真聽，因為，跟我媽認真我就輸了。我再說一次，認真的人都沒有什麼好下場。我忍住眼淚快步離開我家，趕緊攔了計程車，趕回劉總的公司。即便我再難過，我都得馬上像什麼都沒有發生過的人一樣。

我衝進大樓，對著劉總的祕書說：「不好意思，我要找劉總。」

「他外出去了。」

「那他什麼時候回來？」

「妳是禮儀公司的葉小姐嗎？」祕書問。

「對。」

「劉總已經找到別間禮儀公司了。」

我聽著祕書的話，一愣，「怎麼會？可是劉總早上說，我忙完之後可以再過來找他啊。」

「妳當然可以再來找他，但他不見得要理妳啊！」祕書一臉覺得我很天真的表情。我頓時也覺得自己很傻，怎麼會覺得像我這樣的人能到第二次機會？我向沒有什麼好運啊。

「小姐，不好意思，要麻煩妳離開囉。」

我就這樣被趕離了劉總公司。還沒反應過來，就接到經理的電話，「葉如晚，妳不用回公司了，妳的私人物品，我會請米娜寄給妳，我給過妳機會了，是妳自己沒有好好把握，怪妳自己吧。」

我連一句話都還來不及說，經理就掛了我的電話。我第一次體認到什麼叫趕盡殺絕。我走在路上，不知道自己能去哪裡，通常都是我換工作辭工作，沒有被工作辭過的我，覺得自己變得好沒有用。

我不就是一個只會賺錢的工具嗎？如果我現在連錢都賺不了，我還有什麼用？我什麼時候開始變成一個只會賺錢的廢物？

突然，我的手機又響了起來。我以為是經理又打來，一接起，先回送他幾句三字經，「是你叫我去買綠豆沙我才會遲到的，你現在馬屁拍到阿祥那裡去了是不是？就這麼想弄走我！好啊，如你所願，我再看你們業績能做多好！垃圾！」

結果，電話那頭傳來的不是經理的聲音，是小柚子老師，「翔安媽媽，不好意思，那個……」

我這才收斂起來，「小柚子老師，對不起，我以為是我公司經理！妳不要介意，我不是在罵妳。」

「沒關係啦，只是，翔安媽媽，我去家裡接安安，按門鈴都沒有人回。我以為可能是安安還沒準備好，所以先去載別的小朋友。都繞完一圈了，回頭還是沒有人開門。」

「安安一定在家！」這臭小子，真的跟我槓上了是不是？

「但我沒辦法再等了，還有很多小朋友在娃娃車上，我們得先回幼兒園了。安安再麻煩妳帶過來好嗎？」小柚子老師都這樣說了，我還能說什麼？

「好，我回去帶他。真的很不好意思，害妳這麼煩惱，對不起！」我不知道說了幾百句對不起才掛掉電話，準備回去好好揍那臭小子一頓。急忙回家的下場，就是我沒有仔細看信號燈，腳踩上斑馬線的那一刻，一台摩托車也剛好要過馬路，我很想快點縮回腳，但已經來不及。

我就這麼被摩托車給撞上了。

整個人跌到了一旁，摩托車騎士也跌到了另一旁。我第一次感受到什麼叫骨肉分離，媽媽跟孩子分開的痛算什麼，我這摔到天昏地暗，才是真正的骨肉分離好嗎？

我努力試著坐起身，試著張開眼睛。在陽光的照射下，我努力的適應光線。接著緩緩映入眼簾的，是一個穿著粉紅色外送公司制服，還戴著安全帽和口罩的男孩子也正好坐起身，感覺狼狽的程度和我不分上下。下一秒，我們的眼神正好看到彼此，同時傻眼，然後同時發出疑問，「是你？」

由於實在太驚訝了，又忍不住再同時問：「怎麼會是你？」

我們都一臉不敢置信，又忍不住對看一秒後，同時說出，「還好是你。」

還好是你，被撞了我也比較甘願。還好是我，我絕對不會告你，也不會要求你賠償。雖然我知道錯的人是我，但不管怎樣，撞到認識的人和被認識的人撞到，至少比較有熟悉感吧。

下一秒，我們兩人同時笑出聲，又覺得在這樣的狀況下還笑得出來的我們，實在很荒謬，所以又笑得更大聲了。

我們就坐在發燙的柏油路上，看著彼此，一直大笑。我可以聽到路人的指指點點，「要不要幫他們報警啊？」「要不要叫救護車啊？」「是有什麼好笑的？他們是不是瘋了啊？」

——

像我這樣過日子的人，不瘋也是很難的。

我們沒辦法笑太久，因為很快就被按喇叭了。

「幹你娘，笑三小啊！不要在這裡擋路！」一位大哥把車開到我們旁邊，朝著我們兩個問候我媽。我們趕緊回神，拖著疼痛的身體，我撿起路上散落的東西，包括他的外送袋。弟弟忙把車牽到路旁去，不停對著後頭的車子鞠躬道歉，真是好孩子。

他朝我走來，我們又同時問了一句，「你還好嗎？」

他點點頭，我也點點頭。剛撞上的那一刻很痛，但過了五分鐘，痛覺已經散了。現在看起來只是有點擦傷，可能明天早上會全身痠痛到下不了床吧。但至少我們都沒死，他沒有因為我的莽撞，不小心撞死人，我也沒有因為自己的失誤，搞到進醫院躺病床。

值得感恩。

「你的車呢？沒事吧！昨天都爆胎一次了，不會真的一星期要爆胎兩次吧。」我很擔心他的車，那是他的吃飯工具，也不曉得要花多少費用維修，我是個失去正職還要養家的人。

「應該沒事，因為昨天的爆胎，已經是這星期的第二次了。」他試著發動，然後車子真的發動了。見它沒事又很健康，我鬆了口氣，也替他放心。修理不是問題，而是修理的時間，他就沒有辦法工作，對我們兩個都是損失。

「對不起。」連續兩次害到他，除了這三個字，我真的不知道還能說什麼。

「沒關係，我沒事！只是妳怎麼會闖紅燈？」他問。

我無奈回答，「我不知道自己闖紅燈。」因為我只想回去教訓葉翔安。

「妳看起來不太好。」他打量著我，關心的說。

我笑笑，「是真的不太好，但不重要。」那是我的關，只有我自己能破。

我不是習慣分享悲傷的人，我總覺得對別人紓解完自己的痛苦後，看到別人臉上尷尬的表情不知道是該安慰，還是該裝沒事，我就覺得不想對不起別人。

但其實該被關心的人是他。他的安全帽沒脫，汗就一直從安全帽裡流出來。我看了難受，拿了面紙給他，忍不住說：「你真的很愛戴安全帽。」從我昨天見到他，到現在此時此刻，彼此講了快十分鐘的話，他的安全帽始終沒有拿下來過。

他接過面紙擦著脖子上的汗，「謝謝！對了，妳要回公司嗎？」

哪裡來的公司，我笑笑搖頭，「不是，我要回家。」他先是一愣，似乎在想，上班時間我要偷跑回家好像不太有職業道德。但我很想跟他說，最缺德的人是把我弄走的阿祥和經理。

「我載妳回去好了。」他說。

可是我有陰影，我搖搖頭，「我很怕我坐上車又爆胎了。如果你這星期爆胎三次，我真的會覺得我紅顏禍水。」

我聽到他輕輕的笑聲，「紅顏禍水，好像是在稱讚自己的感覺。」

「算我用錯詞！但我真的不想證明是我帶衰。」我說。

「如果妳安全到家，也證明妳沒有帶衰啊，要不要賭一把？」他看著我說。我突然感覺反正我都已經衰到如入無人之境了，再多倒楣一次好像也沒有什麼。

「賭。」

於是他拿了安全帽給我，然後我背起他的外送袋。坐上他的車，我向他說明如何到我家。很快就到了我家樓下，他停車，我把安全帽和外送袋還給他。

他笑笑的說：「看吧，沒事，也沒有爆胎，妳還算是幸運的。」

我忍不住微笑，「也是，沒有爆胎可能是今天唯一發生的好事。謝謝你送我回來，影響你的工作真的不好意思，你是好人。」但我說不出「會有好報」四個字，因為那都是騙人的。

「不會啦，反正我也剛好送完手上的訂單，想要去吃飯。」

「我應該請你吃飯才對的，你真的是個很棒的孩子。」

「下次有機會。」他說完，和我對看一眼，我們同時一抖。他補充說：「有機會正常見面的話。」我笑笑點頭，然後折著手指關節，預熱著身子，準備上去揍小孩。我是不曉得大家怎麼對付六歲半蹺課的孩子，但我這次真的不想輕饒他，今天應該會是我第一次揍葉翔安。

弟弟被我的舉動嚇到，我感受到他的瞳孔在震動。但我沒有時間跟他多說，轉身直衝頂樓。一打開門，我就著吼著葉翔安的名字，可是沒有回應。我突然有種不好的感覺，連衣櫥能躲小孩的地方都找過了，就是沒有看到小孩。我覺得害怕，撥打葉翔安的手機，聽見陽春手機在書包裡響了。我更加不安，看向玄關，沒有他的外出鞋，可以確定他真的跑出去了，而且不知道去哪了。

我嚇得又衝出門找安安，但我根本不知道他會去哪。衝到樓下時，弟弟還在安裝他的外送袋，見我不知道要衝去哪，拉住了我，「怎麼了？」

「我小孩不見了！」我這輩子除了怕沒錢，從沒有怕過什麼。但我此時此刻真的感到什麼叫驚慌失措。

「怎麼會不見？」他也嚇了一跳。

「我不知道，我要去找他。」我說完就往右邊跑，但又擔心他在左邊，忍不住轉身往左邊跑，下一秒覺得不對勁，直覺應該往右才對，就又往右跑了幾步。我第一次亂了，不知道要怎麼辦。

弟弟擋住我，「妳先別急，妳知道他可能去哪裡嗎？他熟悉的店？他常去玩的地方？」

才想回答弟弟的問題，我的眼角就瞟到安安從不遠處拿著一支甜筒，半跳半走的過來。我整個人一秒變臉，什麼緊張擔心瞬間消失，我現在最想做的就是拿棍子打爆這個不肖子，真的太氣了。

安安似乎是感受到我的殺氣，舔著甜筒停下腳步一頓，對上了我的眼神。這下換他從爽爽變成怕怕，我還沒有吼聲，安安已經調頭要跑了。我氣得大喊，「葉翔安！你給我站住！」他耳朵那麼硬的小孩，怎麼會聽我的話？

他嚇得跑了起來，連甜筒也不要了我追上前去，他繞著社區跑了一圈，又跑回到家門口。弟弟還站在原地，一臉搞不清楚狀況的樣子，葉翔安就拉著狀況外的弟弟說，「救我！」然後整個人爬上了弟弟的身上。

我真的是教育失敗。

我氣呼呼的停在兩人面前，深吸口氣，咬牙切齒的說：「給我下來。」

「我不要，我會怕。」

「會怕為什麼不去上學？你什麼時候跑出去的？為什麼不等小柚子老師來接你？你知不知道這樣會讓人很擔心？」我覺得我再說一句話，就會委屈的哭出來。我到底為什麼要受這種罪？我不想對安安說難聽的話，因為我從我媽那裡聽到太多了，所以我努力克制自己情緒。

「我不想上課。」死到臨頭還在倔。

「給我下來！」我越是這麼說，安安就越像個無尾熊，緊抓著弟弟不放。見他沒有想下來的意思，我伸手去抓，他更死命勒住弟弟的脖子。可憐的弟弟被我們母子扯來扯去，安安越是死命躲，我就越死命抓，幾次指甲還不小心劃到弟弟手臂。聽到他的悶哼聲，我該停手的，但現在停手，我這個當媽的尊嚴就此葬送。

這是戰爭，我不能輸。

最後弟弟受不了的喊，「等一下！」

我和安安同時安靜。弟弟重重嘆了口氣對我說：「妳先不要激動，他就知道下來要被妳揍了，他怎麼會想要下來？」我想想好像也對，然後弟弟又跟安安說：「你也知道你不去上課，你媽一定會生氣，結果你敢不去上課，然後又怕你媽生氣，那你幹嘛蹺課？」

安安聽著弟弟的話，也認真思考起來。

「你們都先冷靜一下，可以嗎？」弟弟又說。

「他下來，我就會冷靜了。」我說。

「妳騙人。」安安吐槽我，我氣得又想去抓他。

弟弟退了一步，「妳看妳這樣，難怪他不想下來。」他一說完，安安一臉贊同的表情趴在弟弟背上，用力點頭。

「我不趕快讓他下來，難道你要帶他去工作嗎？」我說。

「我去上班，我可以賺錢。」安安舉手自告奮勇，

「你別鬧了，大哥哥真的要去忙了，你下來！」我覺得我耐心到達極限，他再不下來，我可能連弟弟都要失手一起打了。

安安還趴在弟弟的背上搖頭，我才要上前一步時，弟弟先開口了，「我帶他去好了。」

嗯？我是不是聽錯什麼？

下一秒，弟弟就從牛仔褲裡拿出他的皮夾，遞給我，「這個算擔保，我晚上七點前會送他回來，這樣好嗎？」

「好！」我都還沒開口，安安就先答應了。弟弟把皮夾直接塞到我手上，我都還沒有緩過神來，就看到他們一大一小坐上摩托車走了。我整個傻眼，愣在原地好久才回過神。

這到底是多荒謬的事？

我的孩子跟一個我連名字都不知道年輕人走了？不，是去打工！他才六歲半耶！

我看著他們離去的方向，不知道到底該不該追。此時我的手機響了，是保險客戶打來

的電話，我馬上換上笑臉接起。

「陳大哥，有什麼可以為你服務的嗎？有朋友要買保險啊，有！我現在有空，在哪裡？我馬上過去，謝謝陳大哥！」此時此刻的我，無法再多想我那個跟人跑的六歲半孩子，我心裡掛念的是即將為我帶來薪水的客戶。我收起弟弟的錢包，往陳大哥說的咖啡廳衝了過去。

我用著我的三寸不爛之舌，加上為客戶服務的精神，從下午一點多解釋各種保單內容，及計算各種保額，來來回回，轉眼就已天黑。最後這位花了我五個多小時及四杯咖啡的許小姐，對我說了一句，「妳真的說得很詳細耶，其實我已經跟別的業務買了，但他說得不詳細我很怕被騙，還好陳大哥說妳人很專業又很認真。」

「好的。」媽的。再次證明認真的人沒有好下場。

於是許小姐開開心心離開了，我的喉嚨則是痛到要開花。抬頭一看牆上的時鐘，居然已經快七點了。我頓時跳起來，弟弟說七點會送安安回來，我得趕回家。

於是我又準備衝回家。明明是失業的人，怎麼也沒比有工作的時候閒？每每看到有人下班是能輕輕鬆鬆走路回家，我都會想，一樣是上班族，人家可以享受下班的愜意時光，我卻得像個砲彈衝過來又衝過去。

想好好喘口氣，到底要等到什麼時候？

我坐上公車，公車的輪子和我手錶上的分針賽跑，到站後，我又迅速衝下車。快跑回到家時，弟弟也正好載著安安回來。安安一下車就朝我跑了過來，然後抱住我說：「媽，我明天要去上學。」

嗯？這是不是幻聽？

「你是想用這招裝乖，好逃過等下被我懲罰的命運嗎？」

「我是說真的，我明天會和小柚子老師去上學，同學幼稚也沒有關係，賺錢太辛苦了。」他說完還看了弟弟一眼。

我頓時領悟，笑了出來，「你是怎麼操他的？」

「他可能會有點晒傷，晚點幫他冰敷一下。」

我笑笑點頭，「好，走吧！我請你吃飯，想吃什麼隨便點。」

「不用了。」他客氣的搖搖手。

「走吧，你幫我解決了一個大麻煩，還送我了兩次，該請的。雖然我今天失業了，但沒關係，一頓飯我還是請得起的，走吧！」他還想拒絕，但我對安安使了個眼色就往前走，安安很識相的拉著弟弟跟在我身後。

很快的，我們就來到我家附近最讓我滿意的一間餐廳，小七。

「這裡要吃飯、吃麵都有，想喝什麼也都有。不想吃便當沒關係，還有異國料理，日本、義大利，還有甜點也可以挑。想吃什麼就拿，不要跟我客氣。」這我真的請得起。

我聽到安全帽裡傳出他的笑聲，我看著他忍不住說：「但你可以把安全帽拿下來了嗎？整天戴著你不熱嗎？不會連吃飯都不拿下來吧？」

他聽我這麼一說，眼神透露出一點為難，最後才下定決心脫掉安全帽。我對於他掙扎的這個過程表示無法理解，「不就是一頂安全帽，又不是叫你拿下什麼烏紗帽，幹嘛搞得好像比賣身還為難……」

我說到一半，弟弟拿下了安全帽。頓時我聽到店內客人，包括店員的驚呼聲，哇，不誇張，真的是哇了一聲，不是音效，是發自內心的讚嘆聲。但我不知道他們在哇什麼。

但安安知道，他也一臉感嘆的說：「叔叔好帥。」

有嗎？我又忍不住看了弟弟一眼，就只是長得比一般男生再乾淨一點，皮膚也還不錯，有雙溫柔大眼，這個我看過，所以不驚訝。但整體來說，他是我看過最適合白色的男生。

他有點不好意思的看著我笑笑，我也笑笑的拍了拍他，「去拿東西吃，傻在這裡幹嘛？」

他一愣，對於我無視他美貌這件事有點驚訝，不過我看得出來他更感到自在和舒服，笑笑的點頭說：「那我不客氣了。」

我點點頭，「你盡量。」他開始去挑食物，我轉身想問安安要吃什麼時，才發現安安在弟弟的身旁跟前跟後，弟弟拿什麼，安安就拿什麼。

弟弟一愣問安安，「你要不要跟叔叔一起吃就好？你一個人會吃不完。」

「好，我要跟叔叔吃一樣的，我要跟叔叔一樣帥。」安安十分認真的說。

「長得帥沒有用，你是沒有聽阿嬤常說水人沒有水命嗎？」我忍不住回，下一秒發現自己說錯話，馬上跟弟弟道歉，「我不是說你沒有用，你不要誤會，我只是想跟安安說，內在比外表重要太多。」弟弟突然望著我，給了我一個微笑。

「可是長得帥很重要，就是因為我帥，小柚子老師才不會常常生我的氣。」看著他說這句話，我又忍不住想再問一次，我到底是怎麼教小孩的？

我沒好氣的拿過他們兩個挑的食物，「去找位置坐，我去請店員微波。」

弟弟點頭，牽著安安，找了位置坐下。我怕弟弟吃不飽，又多買了一個炒麵和炒飯。想著怎麼端去位置時，轉身弟弟就在後頭說：「我來幫忙。」不得不說，他的聲音偶爾有淨化心靈的感覺，聽著舒服。

我們兩人一起把食物拿回去，一整天沒吃的我，喊了聲開動後就吃了起來。安安好像真的被操到，不用我催，他看弟弟吃什麼，就跟著吃一口。可能是心情好，安安的話也多了，說著今天和弟弟外送，一度差點被狗追，導航亂報差點騎進別人家，還被客人罵。

「那個伯伯超凶的，一直說等很久，明明就沒有比我在幼稚園等媽媽接我還久。」安安說得理直氣壯。我一口咖哩飯吃進嘴裡差點嗆到，忍不住瞪安安。

弟弟笑著，「好久沒有這麼開心吃飯了。」

看他有些黯淡的眼神，我忍不住問：「你自己住嗎？」

「嗯。」

「那你爸呢？」

「他後來有別的家庭了。」

「所以學費、生活費都是你自己賺嗎？你到底幾年級啊？看你白天在外送，是夜間部嗎？還是假日班？」

「其實……」他想解釋時，突然有兩個穿著火辣的女大學生走了過來，笑容嬌媚的想要跟弟弟說話。

安安馬上勾上弟弟的手喊，「爸爸，餵我！」那兩個女大學生馬上轉身往廁所的方向去，想假裝沒事。我真心替她們覺得糗。

但該教的還是要教，我告訴安安，「不要亂來。」弟弟卻很開心的伸出拳頭，和安安很有默契的碰了一下，「謝謝你。」

「你不喜歡被搭訕啊？」我問。

他很直接的說：「不喜歡。」

「但你這年紀該交女朋友了吧！雖然半工半讀很辛苦，該談戀愛還是要談。」才不會像我，大學忙著打工，出社會忙著還錢，二十八歲才初戀，然後三十歲結婚，三十五歲離婚又單身了兩年，戀愛是年輕時候的事。「還是你有喜歡的類型，姊姊幫你介紹。」我快速的在腦海裡閃過一次客戶名單，但不管是誰，都覺得不適合他。

「別再說妳是姊姊了，妳就算比我大，也大不了幾歲，我三十五了。」

我一口牛奶差點沒有噴出去，「你三十五？你三十五長這樣？請問你是怎麼辦到的？怎麼可以這麼童顏？你有花錢去做臉嗎？太扯了吧？」我馬上從我包裡拿出鏡子，看著自己微垂的眼皮，還有笑一下就皺起來的笑紋。歲月在我臉上留下了很多東西，為什麼卻一點都不給他？

「妳就這麼氣？」他看著我，忍不住笑了。他連笑都沒有紋路，真的是要把我給氣死。

「太扯了你。」真的很讓人不爽。他還是笑著，我忍不住勸他，「你還是少笑一點，你看！」我指指後頭那桌的女孩子，正用眼神在脫弟弟的衣服一樣，很想吞下去的樣子。

弟弟馬上收起笑容。這下換我笑了出來，「你條件這麼好，怎麼不去當模特兒？」我問。

他搖搖頭，「還是腳踏實地賺錢就好。妳別弟弟、弟弟的一直叫我，我聽了會心虛。我們這樣算認識了吧，妳叫我名字就好。」

「清嚴。」安安說著，「叔叔叫柳清嚴。」

我笑了笑，對柳清嚴說：「沒想到現在你跟他更熟。」

「還好，如晚。」他喊了我的名字。我差一點耳朵懷孕，可能是太常聽我媽用吼的喊葉如晚，都忘了我其實有個好聽的名字。

我笑了笑，忍不住問：「葉翔安該不會連我便秘的事都說出來了吧？」

「這倒沒有，但他說妳常常喝酒。」我一口飯又咳了出來。我今天要不是被自己噎死，就是被自己嗆死，但最可能就是被自己養的孩子氣死。

我瞪向安安，他很沒用的躲到柳清嚴背後，討好的說了一句，「媽，我明天真的會上學。」

我和柳清嚴兩人笑了出來。

此時，有人坐到我們隔壁桌，發出了好大的聲響，打斷我們的笑聲。我們三人往旁邊一看，我又差點咳死。我的前夫就坐在我旁邊，喝著飲料打量著我們。安安看到柏傑，忙對我說：「媽媽，是叔叔耶。」

原以為徐柏傑會繼續裝不認識，但他居然搭話了，「安安，好久不見，你長大了。」

我反應不及，應該說無法反應。

我不是他最恨的人嗎？他看到我在這裡，不是該轉身就走嗎？昨天晚上還冷漠的轉身走，今天又熱情搭話。我不懂徐柏傑，如同我過去不懂他一樣。

他原本是我的保險客戶，什麼險都跟我買了，買到連他媽媽的保險也買了。我還得意洋洋跟同事說一定是我的服務做得很好，客戶才會這麼挺我。同事只罵了我一句，「白痴喔！他是對妳有意思好嗎？」

原來我被追了。

一直都是我追著錢跑，我其實很難去發現誰在追我。每每有人跟我說，其實某人喜歡我的時候，都已經太晚了。因為我的遲鈍，讓沒有耐心的追求者轉身去愛別人了。但徐柏傑沒有，他乖乖的當了我兩年客戶，一直到兩年後有一次他出了車禍，需要出險，我去醫院探望他時告訴他，「不要擔心，把費用明細收好，請醫生開診斷證明，我一定負責幫你把保險搞定。」

他卻突然說：「可不可以順便負責我？」

我愣了一下，原來這就是告白。沒談過戀愛的我，被徐柏傑的直球打動，我們就在一起了。交往了兩年，我從不讓他去我家，也從不讓家人知道他，他總說自己像小三，被我藏起來。

我知道他很委屈，他也覺得我是不是無心和他交往，才會這樣隱瞞。但我只能說，不想讓他和家人碰面，是我害怕他知道我有個神經質的媽媽、有個不務正業的哥哥。我的家庭不像歌曲裡面寫的可愛，我怕他負荷不了八點檔狗血劇般的場面，會和我分手。

除了這點，我們的相處一直都還算融洽。他很疼我，從我們交往三個月開始，他就一直跟我求婚。但我說我不想結婚，也不想生孩子，如果他一定需要婚姻，我會放他走。

可是他不肯，一直到葉如晴懷孕回家，我媽叫我搬走，我唯一的依靠就只有徐柏傑了。他先讓我去住他家，那是我第一次和他媽媽見面，不曉得他在他媽面前說了我多少好話，他媽媽對我印象很好。我在那個家感受到被重視，突然有一種這裡更像是我家的感覺。

當柏傑再一次跟我求婚時，我問他，「你不怕嗎？我家可能會是個麻煩。」其實像我這樣的人，最好還是不要結婚，免得拖累別人。

但他很肯定的說：「我娶的是妳，跟我一起生活的也是妳，不是妳家，我為什麼要害怕？」

不曉得是氣氛剛好，還是我真的錯覺自己有幸福的資格，我答應了他。

接下來，就是一連串的鬧劇。我爸媽缺席了我們的婚禮，原本疼愛我的婆婆瞬間對我反感，甚至在婚禮結束那一刻，表明她後悔讓柏傑娶了我。她說看我品性端正，應該是家庭教育還不錯，沒想到爸媽會是那種德性。

我除了忍，沒有別的話可說。

而我媽就是那種一沾上就甩不掉的可怕生物，只要她想，不管我在幹嘛，她會隨時打給我，半夜也一樣。要不是哭著說如晴一個單身女人帶孩子很可憐，就是說家裡又要用錢，說我爸不體諒她的辛苦。

我不時受到我媽的騷擾，受苦的人還有柏傑。

從原本的覺得我可憐、我辛苦，到後來他也受不了，但還是努力壓抑情緒勸我，「妳就不能不要管妳媽和妳家的事嗎？妳都已經結婚，是我們徐家的人了，妳有理由可以回絕他們。」

這麼勸我的人，被我媽「盧」到答應幫忙養安安。

從那天之後，他深刻的體會到我媽的可怕，沒有再說什麼勸我的話，也因此我們兩人之間不再像過去那樣坦白。安安橫在我們之間，我們越來越遠，即便我們還是努力想活得像過去一樣，但怎麼可能？

就像玻璃瓶有了裂縫，隨時會碎。

每一天的生活都是問題，安安吵、婆婆氣、媽媽鬧的，搞到最後他連想體諒我的力氣都沒有。我可以明白，完全可以，所以他後來跟女同事去泡溫泉開房間，我也沒有生氣，因為對不起他的人是我，我給不了他想要的婚姻生活。兩個人膩在床上看電影吃爆米花，每個紀念日就去好好大吃一頓，一年安排出國度假兩趟——這是我們結婚時約定好的事。

他說妳不用生孩子沒關係，只要愛我就好。

結果我連好好愛他都沒有做到，因為愛一個人是要花很多力氣的。愛不是一個字，是行動、是付出、是關懷，好讓對方感受到愛。但我的力氣都花在工作、我家和安安身上，柏傑就麼被我排在很後面，無法好好愛丈夫是我的錯，我拿什麼怪他？

我在等他跟我提離婚，但他沒有，一直到我哥欠了大債，我媽要柏傑幫忙那次，我覺得不能再這樣下去了。我家像是個無底黑洞，被困住的人只要我一個就好。即便我先提離婚，對他來說在自尊上是很大的傷害，但我還是這麼做了。

離完婚，我徹底的消失在他的世界，他也是。我無時無刻不是懷抱著祝福他的心情在面對過去那段失敗的婚姻，我沒有奢求他也像這樣祝福我，卻也沒有想到他會恨我。

一個恨我的人坐在隔壁桌，我無法適應，更何況他又在跟安安說話，我頓時覺得胃痛。

「是認識的朋友嗎？」清嚴笑笑問著。

柏傑大方說著，「前夫。」

我感受到柳清嚴露出驚訝的表情一秒。對，只有一秒，因為他是個很體貼的人，不會把氣氛搞僵。

他微笑的向柏傑頷首致意，「你好，我叫柳清嚴。」

「你是如晚的新男友？」徐柏傑好奇的打量我們兩個。

我不喜歡那個眼神，很快的打斷他，「不是，只是朋友。」

徐柏傑誇張的起身向柳清嚴伸出手，「恭喜你，沒有誤入賊窟。」

柳清嚴先是一愣，但沒有握上徐柏傑的手。徐柏傑笑笑的縮回來，拍拍柳清嚴說：「身為過來人，可以的話，勸你還是保持距離就好，因為你很有可能成為下一個救生圈。」

徐柏傑說完走人，氣氛頓時陷入前所未有的尷尬跟安靜。我看得出柳清嚴想安慰我，但我無法看他，只是低著頭努力把眼前的飯塞進嘴裡。我其實一點都吃不下，可是沒辦法，這時候不吃東西的話，我不知道我還能幹嘛。

一直到吃完所有東西，我都沒有再說過一句話。很匆促的結束吃飯行程，我向柳清嚴道別，低著頭轉身拉著安安離開。

「媽媽，我還沒有跟清嚴叔叔說再見耶。」安安對不起，我太丟臉了，抬不起頭來，請你體諒我這次。

我可以感受到柳清嚴同情的眼神，一直在背後注視著我。我最怕的不是別人輕視我，而是同情我。我可以可憐我自己，但要是連別人都可憐我，那我真的是太可憐了。

快速的回到家，安安見我不說話，很自動自發的去洗澡，整理書包。我走過去，把小柚子老師傳給我的家庭作業訊息遞給安安看邊說：「你今天要把這些寫完。」他看了我一眼，把課本拿出來翻給我看，我才發現他把所有題目都寫完了。

「你是天才嗎？」我嚇到。

「就跟妳說了去學校很無聊啊。」他一臉得意，看到我表情變了，又馬上說：「但我明天還是會去啦。」

「整理完了就早點去睡。」我說。

「喔。」他收好書包又問：「媽媽，妳心情不好嗎？」

我點點頭，「嗯。」

「是因為柏傑叔叔嗎？」他又問。

我搖搖頭，「不是，是因為我自己。媽媽跟你說，我現在沒辦法賣房子給死人住了，收入會變少，我的脾氣可能會變差，所以媽媽沒有別的要求，只希望你好好去上學，好嗎？」

「我知道了。」他跳下沙發，快步走回房間。我看到房裡的燈暗了，我才整個人無力的坐在餐桌前，想著剛剛徐柏傑說話的語調，還有他看著我的眼神，我衝進廁所吐了好久。

一直到外頭發出聲響，我才走出去。看見喝到斷片的李小姐回來了，躺在客廳裡頭。我無奈，忍著極度不適的胃，半抬半拉的把這位神奇的李小姐送回客房，如果她明天起來身上有傷，真的不能怪我。

安置好李小姐，我發現她沒有關大門，只好上前去關門。門要關上的同時，又被用力推開。我嚇了一跳，定睛一看，沒想到站在外頭的人竟然是徐柏傑，他笑笑的看著我。

我聞到了酒味。「你怎麼會在這裡？」難道剛剛是跟著我回來的嗎？

「我為什麼不能在這裡？」他反問我，沒等我回應，就直接走了進來。

我深吸一口氣拉住他，「不好意思，不方便讓你進來。」

「所以剛剛那個姓柳的就可以？」

「你在亂說什麼？」

「妳憑什麼笑？」他突然一把抓住我的手，「妳怎麼可以笑？妳應該要像昨天我看到妳那樣，一臉無助的樣子才可以！」

我掙開他的手，「我不知道你在說什麼，你不是恨我嗎？那你到底來這裡幹嘛？」

他突然笑了，「妳去看了我的臉書？妳還愛我？」

「現在說這個到底有什麼意義？」

「有！因為不能只有我痛苦，我也要看到妳痛苦才甘願。妳憑什麼提離婚？我為妳付出那麼多，妳憑什麼先跟我提離婚？我都還沒有不要妳，妳憑什麼不要我？妳憑什麼？」他朝著我大吼。

「你現在的女朋友，不就是你那時候偷吃的女同事嗎？」我冷冷說著。

他表情一頓，「妳……。」

「我怎麼會知道？」我看著他放大的瞳孔，苦笑，「我當然知道。我是你太太，老公衣服上有別的女人的香水味，我怎麼會沒聞到？你車上四處都是她故意留下來挑戰我的耳環、髮夾，我怎麼會沒看到？你半夜在書房和她講電話，我怎麼會沒聽到？」

「那妳為什麼不吵？為什麼不鬧？」他又吼。

我忍不住大聲回應，「我有什麼資格跟你吵？就像你說的，我家就是個賊窟，娶到我是你倒楣，我怎麼好意思跟你吵？」

「妳不吵我怎麼知道妳愛我？」他崩潰吼著，「我就是想看到妳吵，我就是想知道妳在乎我，妳要緊我！但妳沒有，妳什麼都不說、不說、不說！我一個人像白痴一樣等妳看我一眼，可是妳眼裡沒有我，從來就沒有我！妳會答應和我結婚，其實根本不是因為愛我，只是想從葉家逃出來！我就是妳不要的救生圈，最後還被妳拋到大海去。我這輩子最後悔的，就是愛上妳這個賤女人，妳別想跟哪個男人好，像妳這種禍害最好單身一輩子，不要再出來害人了！」

徐柏傑推了我一把。我整個人跌在地上，紅著眼眶抬頭看他，「對不起。」我知道跟我結婚讓他很痛苦，但我不知道的是，就算離婚了兩年，至今他還活在我留下的陰影當中。

「我不會原諒妳的，永遠都不會，我會永遠詛咒妳得不到幸福，是妳把我變成一個糟糕的男人，都是妳！」他說完後，跌跌撞撞離去。

我坐在地上，欲哭無淚，費了好大的勁才站起身來，下一秒，我又衝進廁所吐了。像是要把過去發生的一切都吐光一樣，我吐到掉下眼淚，最後又再到冰箱拿了一堆酒出來，狠狠的灌醉自己。

我這個禍害，終究還是做了錯誤的決定。我就該抱持我原本不婚不生的信念過一輩子才對。

徐柏傑說得沒錯，像我這樣的人，不配得到幸福。

老天爺是不是帶錯了人上天堂？

第五章

有時候，好聚好散才是童話

我第一次感受被人痛恨的心情。可能因為無法接受自己討人厭，所以狠狠的生了一場大病。

除了每半年的洗牙，一年一次的子宮抹片以外，我幾乎沒有用過健保卡。我不生病的，因為沒有人會照顧我，從小就是這樣。畢竟如晴體弱多病，爸媽花了很多時間跟金錢在照顧她。

我媽總是邊照顧邊大罵，「生病是有錢人的權利，家裡又不是很好過，真的是來討債的！」她就是不管什麼事都要抱怨一下的人。

我知道我不能生病。如晴已經用掉了三個孩子的額度，所以我只要一覺得不舒服，就先吃藥壓下來。記得國中時，去接念小學的葉如晴下課，當時校門口停了一堆摩托車，為了往外走，我和她閃著摩托車，結果我的小腿被排氣管燙傷了好大一片，我也沒讓我媽知道。

要是知道了，一定是先被罵，然後再被罵，接著繼續被罵，最後才擦藥。那我還不如自己擦藥就好了。那時候因為怕被發現，就算當時是夏天，我還是穿著長褲。傷口沒有辦法好，就這樣留了燙疤在小腿後側。所以除非工作需要，我完全不穿短褲短裙。

什麼青春？我連穿迷你裙的記憶都沒有。

但這次我來不及先吃藥，病毒就這麼侵入我的身體。我來不及反應，就這麼迷迷糊糊的病了。我試著想下床，卻跌下了床。我試著起床，但只有精神起床，身體仍是沉重的和床黏在一起。

我在半夢半醒之間，聽著安安對我說：「媽媽，我去上學了。」「媽媽，我放學了。」「媽媽，我去東西吃了。」「媽媽，妳還好嗎？」

我很想回應他，但是我回應不了。

我甚至想叫安安幫我打電話叫救護車，因為我不能再躺下去，我還得去找工作，可是我一句話都說不出來。而當我再次醒來，可以看清楚房間內的一品一物時，已經是三天後了。

我嚇了一跳，我居然丟著孩子，自己病了三天。

我努力下床，但雙腳沒力，適應了好一陣子，才有辦法走動。我就這麼拖著虛弱的身體喊著，「安安，安安。」

安安一臉神清氣爽的跑了過來，看到我沒死，開心大喊，「媽媽，妳醒了耶。」

這孩子到底要多可憐？親媽媽死了，我這個媽媽又沒有好好照顧他。

我伸手想摸他，又不禁縮了手，我怕我會哭。「對不起，你吃飯了嗎？」

「飯快煮好了，媽媽一起吃。」他笑笑的說。

飯快好了是什麼意思？我聽不懂。

接著下一秒，就看到柳清嚴穿著圍裙走來，「欸，妳怎麼下床了？我才剛餵妳吃完藥，頭應該會有點暈，來，先坐下。」

我還沒有反應過來，就被安安和柳清嚴一人一邊扶到沙發前坐下。我一到客廳，就聞到了飯菜的香味，看著額頭冒著汗水的柳清嚴，覺得莫名，「你怎麼會在這裡？」

「我打給叔叔的啊。」安安一臉得意，好像做了什麼大事一樣。

「嗯，我們是互相留了電話的關係。」柳清嚴附和，「他打電話給我說妳很不舒服。本來要送妳去醫院，但妳昨天吃了藥有退燒，就想說看狀況再處理。」

聽著他說的話，看著他的笑容，徐柏傑那一番話頓時在我腦海中閃過，「妳就是個禍害！」

我那股噁心的反胃感又衝了上來，冷下了臉對柳清嚴說：「謝謝你，但你可以走了。」

「媽媽！」安安傻眼，柳清嚴也愣住。我很抱歉，可是我沒有辦法，不想再把無辜的人拖進葉家了。我們充其量只是見過兩次的陌生人，我憑什麼讓他為我和安安做這麼多事？

但柳清嚴只是笑笑，拍拍安安的臉說：「快可以吃飯了，吃飯前要幹嘛？」

「洗手！」安安說完，開心的衝去洗手。

然後柳清嚴好像無視我剛才說的話，走到跟他一點都不搭的瓦斯爐面前，邊幫湯調味邊說：「我會走，等我吃完飯。沒道理自己買菜自己煮飯，還不能吃一口吧。」

他這麼一說，我對我剛要他走人的行為感到非常羞愧。我這不是過河拆橋嗎？但我又能怎樣呢？

安安一洗完手就衝了過來，把全身無力的我拉到位置上坐著。飯桌上有四道菜，再加上柳清嚴正端上來的一湯。從沒有這般豪華的飯菜出現在這張桌上，我本來想有骨氣的不吃，但聞到紅燒排骨、清炒菠菜、檸檬魚、絲瓜蛤蜊和味噌鮮魚湯的香味，我的骨氣被打了一巴掌，不爭氣的吞吞口水。

安安興奮的說：「媽媽，是不是很香？比妳煮的還要香。」謝謝喔！

柳清嚴另外端了清粥放到我面前，「妳先吃粥，這樣胃比較沒有負擔。」

我很想說謝謝，但我說不出口，因為只要我一說，就表示接受了他的好意，這樣我就會變得跟徐柏傑指責的一樣。

安安把湯匙塞進我手中，殷勤的為我挾菜，開心的和柳清嚴討論今天的功課。看到他這麼開心的樣子，我知道自己的失職，每天和時間賽跑的我，只能讓他吃便當、外送和便利商店。如晴託付錯人了，我根本沒有能力好好照顧她的兒子。

生病讓我變得懦弱，難得的落下眼淚，滴進了眼前的粥裡。安安嚇了一跳，不安的喊，「媽……」

柳清嚴也看到我的眼淚，但他非常鎮定的說：「沒想到我的廚藝這麼好，讓妳吃到哭出來。」

安安這才安心笑了，「媽媽不要哭，雖然真的很好吃。昨天叔叔做的蛋包飯也好好吃，他說下次再做給妳吃。」

我收拾情緒，「不用了。」

很努力的想快點吃完這頓飯，然後讓柳清嚴離開這個房子，離開我們的生活。葉如晚可能是個詛咒，讓曾幫助我、為我付出的徐柏傑變了個樣子。

於是，吃完飯，我就請柳清嚴走。他說等他洗完碗，然後洗完了碗，我又叫他走。他說等他陪安安複習完功課再走，然後他連英文都陪安安練習完了還是沒走，說他等安安去睡再走。最後安安去睡了，柳清嚴終於沒有別的藉口，但他還是沒走。

我看到他拿了洗好的衣服要去晾，當中還有我的內衣。我真的驚聲尖叫，衝過去要搶過那些衣服，結果一個頭暈摔倒了。柳清嚴忙過來看我，「妳幹嘛啊？」

我又丟臉又尷尬的說：「沒事，我拜託你可以離開了。」

他沒說什麼，只把我扶起來到沙發上坐著，然後邊收拾被我撞倒的東西，邊說著，「不要在意別人說什麼，因為他過的不是妳的生活。」

我一愣，「什麼意思？」

他把東西放到桌上，脫掉身上的圍裙，「在我前妻眼中，我也很渣，我也很壞。我說我會愛她一輩子，但我沒有，最後還決定跟她離婚。我就是大家口中的負心漢，但是像我這樣的人，就不能好好活下去嗎？」

我腦筋一片空白，他這是在跟我自白嗎？我長得像牧師還是上人？但我沒有想過要知道太多別人的祕密，因為當你了解一個人的脆弱時，是很危險的，「跟我說這個幹嘛？」我說。

他看著我繼續說：「我不知道妳和妳前夫為什麼會離婚，我只知道每段感情會失敗，不是一個人把錯推到另一個人身上，傷害就會消失的。」

我忍不住問：「所以，你到底想說什麼？」

「不要怪妳自己。」他說。

「但事實上，會變成這樣，我要負很大的責任。」

「責任是什麼？不就是承擔嗎？妳不是把這一切都承擔下來了，這樣還不算負責嗎？」他又用著他的清澈大眼在說服我。

「你是不是在編故事？」

他沒好氣的回話，「我為什麼要編故事？」

「因為你的眼睛太亮，亮到不像一個有離婚經歷的人。」每雙眼睛都有故事，但他眼裡透露的少年感太強烈，散發出來的單純感不會騙人，我才會覺得他年紀小。經歷滄桑的人，有時候連背都挺不直。

他突然一笑，「可能我對我的未來還抱一點希望吧，妳也應該要這樣。」

「那是你不知道我除了離婚，還有別的壓力。」我說。

「如果是錢的話，那是很多人的壓力。我也有，我還欠我前妻五百萬。」雖然是五百萬，但他說的好像五百塊一樣，到底是有多正面樂觀？

我真的搞不懂眼前這個男人，「你為什麼會欠她錢？」

「她提出來的贍養費。」

「這麼多？」

他微笑點頭，「因為她非常恨我吧。我把我所有的一切都給她了，現金方面從原本談好的七百萬，已經還到剩五百萬。只要我把錢都給她，我們就會去辦離婚。」

「所以你還沒有正式離婚？」

「可以這麼說吧，不過離婚協議書去年初已經簽好了，正本在我這裡。我也早就搬走了，只要贍養費全給她，她就願意和我一起去戶政事務所，將這段婚姻正式作一個結束。」

「不能打個折？」

他笑笑搖頭，「這是她的要求，不然她不肯離婚。」

「對不起，雖然不應該這麼說，但我覺得你比我倒楣很多。」

「所以不管妳前夫那天晚上來找妳吵什麼，妳都不要在意，這世界比我們衰的人多的是。」

我嚇了一跳，「安安跟你說的？」這臭小子根本沒有去睡，還敢偷聽？

柳清嚴點點頭，很大方的說：「妳有看過欠五百萬的人還去當別人救生圈的嗎？」我搖頭。他笑了笑，「所以囉，我都自顧不暇了，真的很難幫妳什麼。妳更不用擔心妳會拖累我什麼，妳有欠人五百萬嗎？」

我搖頭，忍不住酸他，「幹嘛講的好像欠人五百萬很光榮的樣子？」

「我只是坦然面對。」他說：「如果不愛一個人要付出這麼大的代價，那也是我自找的。」

「你真的三百六十度都正面。」

他只是笑笑，叮嚀我，「床頭的藥是一個療程，我請認識的藥局老闆開的，很有效，一定要吃完才可以。沒吃完的飯菜我放在冰箱，妳和安安餓了可以拿出來再熱一下。安安有我的電話，需要有人煮飯可以打給我，我不介意。妳好好休息。」

他轉身離開，我看著他的身影，突然對人生更感到無助了起來。

我不知道他和他太太發生了什麼事，但我知道他是好人。做了十幾年業務的我，不能說百分之百會看人，但從一個人的眼神，至少可以看出對方有多真誠。

明明他也是好人，卻也一樣在生活裡受苦。或許，我們人生裡最難的功課叫做自私，因為自私才最需要勇氣，要學會像葉如明這麼不要臉的活著，我還有很長一大段路要走。

無論如何，總會走到終點吧？

可能是柳清嚴買的藥奏效，我開始康復了。也有可能是他的安慰起了作用，他離去的當晚，我開始努力丟履歷打算好好振作，可是都石沉大海。有時我還直接打電話去公司，求他們給我一個面試的機會。

但總是得到，「不好意思，我們目前的職缺不適合妳。」這樣的回覆。

我總覺得他們都沒有說完，正確答案應該是，「不適合妳這種單親媽媽。」沒有哪間公司敢在人力銀行上面，光明正大備註不錄用單親媽媽的。而當我在履歷表上，誠實表明我是個單親媽媽的同時，我的履歷就受到歧視了。

履歷選擇時，最悲慘的排名第三名，是超過四十歲的女人，那表示妳一定有某些問題，公司不錄用有問題的人。第二是已婚婦女，妳得要照顧家庭，可能照顧不了公司。第一，就是我這種自己帶著孩子的女人，孩子是妳的拖油瓶，而妳很可能成為公司的拖油瓶。

已經算不清楚這幾天來我到底被幾間公司拒絕，有些甚至讓我枯等了半個小時，面試時卻連一句話都沒讓我為自己說。

就像現在，跟我約好早上九點面試，而現在已經九點五十九分了，我還在等。我還是有禮貌的詢問櫃台，「抱歉，請問經理還要多久時間呢？」從剛剛到現在一直說等一下、等一下，我可能等了八千下了。

「我不知道喔，他還在開會。」櫃台也對我愛理不理的。

我忍住氣，想著再等十分鐘，如果經理還是不出來，那我就離開。因為十點半幼兒園有成果發表會，我一定要趕上。但就在十點十分我已經決定要離開時，櫃台喊住了我。

「葉小姐，可以面試了喔。」

我回過頭，看著邊吃早餐邊隨意指著後頭會議室的櫃台小姐，我冷冷說：「我不想面試了，我不會忘了我在你們公司浪費的這一小時。」

我帥氣轉身離開，結果櫃台小姐問隔壁的同事，「她剛說啥？」同事說：「她應該是說，她不會忘了我們公司。」

我真的差點綜藝摔，無言以對。但仔細想想其實我也有錯，怎麼會投履歷來這裡，還願意浪費時間，難道我沒有別的選擇了嗎？好，還真的沒有！雖然我很擔心自己已經失業快十天了，但現在更擔心的，是我到底能不能趕上成果發表會。

我坐在計程車上，看時間一分一秒的過，我真的很擔心。因為我昨天還信誓旦旦跟葉翔安說我不可能遲到，如果遲到，就答應他一個願望——除了蹺課。我一直以為我會贏，結果現在卻得到安安傳來的訊息。

「媽媽，妳不用來了。」

我坐在計程車上，差點沒有氣死，「司機先生，不好意思，我急著要去打小孩，你能不能開快一點？」司機一愣，但也沒有多問什麼，我感覺到他油門踩更深了點。

很快的我就到了幼稚園門口，付完錢後下車，趕緊衝進幼稚園的小禮堂。

一進去，就看到安安已經在台上了。我從沒有過問成果發表會是要表演什麼，但我也沒有想過會看到他在台上扮演白雪公主的後母。他台詞表情超到位，好像在演我一樣。

「是不是覺得跟妳很像？」

我嚇了一跳，柳清嚴又穿著外送制服，戴著安全帽站在我後面。我有些錯愕，「你外送到這裡？」

「我兄弟叫我來捧場。」

所以他才叫我不用來？「你們感情真的進展神速。」

「祝我們百年好合。」他說完，還跟旁邊的小女孩拋了下媚眼，逗得小女孩咯咯的笑。連安全帽都沒有拿下來就能逗樂小孩也真是不簡單。

「你很喜歡小孩？」

「小孩很可愛啊。」

「養小孩的時候，就不會覺得他們可愛了。」

他突然轉過頭來，認真的說：「妳知道我幾歲開始就想當爸爸嗎？」

「我怎麼會知道？」這是什麼天真的問題？

「二十歲。」他回答，我傻眼，忍不住問他，「你是不是瘋了？」

他搖頭，然後看著台上的安安，有所感觸的說著，「我想要有一個家，裡頭有我的小孩，有我的太太，每天家裡都有熱的飯菜。」

「那是夢想。但現實是你的孩子會跟你頂嘴，老婆會拿小事跟你吵架，然後你會累得連飯都沒力氣煮。」

他笑出聲，「妳真的是三百六十度都負面的女人。」

在我們互相吐槽的過程中，白雪公主已經吐出毒蘋果，和王子過著幸福快樂的日子了。雖然吵到一半，我們還是很有默契的用力拍手捧場。安安開心的穿著皇后的戲服衝下台。我以為他會來抱我，但沒有，他抱住了柳清嚴。

都到了這個局面，不如換人養？

他們恩愛了一會兒，安安才發現我的存在，「媽，妳怎麼來了？我不是傳訊息給妳說不用來了，反正清嚴叔叔會來。」

我緊握拳頭，很怕我在這裡失控，耐著性子說：「你可以去換掉衣服了吧，小柚子老師不是說成果發表會完就可以回家了？」

「對啊！清嚴叔叔晚上要來我們家煮飯。」

「我有答應嗎？」我說。

「我有啊。」臭小子真的完全忘了是誰在養他。

我暗自深呼吸吐氣，深呼吸吐氣，柳清嚴笑笑的問：「想吃什麼？」

「氣都氣飽了，吃什麼吃。」

安安一臉天真的轉頭過來問：「氣什麼？」

氣你啊！我懶得多說。「快去換衣服，我在外面等你。」

「好！那清嚴叔叔也一起等我。」

「嗯。」柳清嚴又伸出手，和安安拳頭碰拳頭，光明正大的放閃。我看不下去，走出小禮堂，柳清嚴跟著走了出來，還在問我晚上要吃什麼。我根本不想回答，他還在旁邊笑，真的是意圖使人白眼。

好不容易等安安換好衣服出來。準備帶他回去的時候，他居然拉著柳清嚴說：「清嚴叔叔一起走。」

「你別鬧了，人家還要上班。」他可是負債五百萬的男人，不多跑幾趟外送怎麼可以？

「我們可以跟叔叔一起去上班啊，然後他下班剛好帶我們回家，順便煮飯。」安安算盤打得很好，他以後可以念理科。

「你別鬧了。」我忍不住拉下臉，因為我不喜歡小孩得寸進尺。吵著要糖吃的孩子，也要有本事家裡買得起糖吃。

「媽媽明明自己打賭輸了，說要答應我一個願望，我剛剛就是在說我的願望啊。妳不是教我要守信用，妳咧？」他居然頂嘴，還頂到我說不出話來。我看了看柳清嚴，他轉過頭去偷笑，再看向安安無所畏懼的眼神，我知道何止打賭輸了，現在也輸了。

於是下一秒，我們三個人就這麼坐在摩托車上，由我背著粉紅外送袋，戴著他的備用安全帽。而安安在幼稚園裡，也都會放一個學溜冰用的安全帽，於是我完全不能拿安全帽不夠的理由逃過這一次。

「我覺得這樣真的會被抓。」等等被罰就好笑了。

「妳人生是不是沒有做過瘋狂的事？」他問。

「怎麼會沒有，結婚還不算瘋狂嗎？你也是過來人啊！」

我聽到他的笑聲，他在紅綠燈前停下，接著說：「其實我覺得最瘋狂的是離婚。」

「還有欠五百萬。」我補充完，我們兩個笑了出來。停在旁邊的一對阿公阿婆發出嘆息聲，兩個人沒有戴安全帽，也沒有戴口罩，自以為很小聲，但事實上停紅綠燈的人都聽到了。

老阿公用台語跟太太說：「你看現在年輕人真的很慘，找沒工作，一家三口這樣跑外送。」

「可憐喔！囡仔那麼大了，也沒有去讀書，以後若是跟爸爸同款送這外送，真的就撿角了！」

我忍不住轉頭回話，「外送哪裡撿角了？以後老人如果沒有小孩養他們，他們又走不動不能去買東西吃，就只能靠外送啊！阿公阿嬤，你們要好好鼓勵外送的工作人員，以後他們都有可能是幫你們送飯、送菜的人！」

我說完，剛好轉綠燈了，還沒反應過來，我就被柳清嚴載走了。他邊笑邊說：「妳的戰鬥力可不可以不要那麼強，老人家心臟不好。」

「抱歉，一時激動。」

他卻突然說，「謝謝。」

「謝什麼？」莫名其妙。

「有人站在自己這邊的感覺，很好。」他說。我只是笑了笑，沒有告訴他：是因為你也曾經站在我這邊。我和柳清嚴是同一類人，我們其實不怕辛苦，但我們最怕的是自己的努力沒有被理解。

我們都是簡單的人，卻只能過著最複雜的生活。

可是我們沒有時間感慨人生，陪柳清嚴跑幾個單後，我頓時覺得能用嘴巴說話討生活已經很幸運了。這種大熱天，得在巷弄裡穿梭，晚一分鐘到就要被抱怨，「怎麼那麼久。」我真的很想反問是有多久？到底是有多久？

難怪上次安安嚇到，連我都覺得累。

下午四點，送完一波下午茶的單子，我原本以為要再繼續，沒想到柳清嚴越騎越遠，來到漁市才停下車。我愣了一下，「來這裡幹嘛？」

「我今天要做一魚三吃。」他說完就脫下安全帽，牽著安安走進漁市。我看他熟悉的跟攤販殺價聊天，很難想像他這種好像漫畫走出來的人，會在有些髒亂的漁市裡挑魚選魚，這畫面真的有些違和，他明明看起來就像是吸空氣就會飽的人。

但他比我這個主婦更像主婦。

他動作很快的買完所有東西，載著我和安安往回家的路上前進。已經接近傍晚，正好可以看到太陽落下，氣溫不再像過午時炎熱，微風吹在我的臉上，我覺得有些涼爽。安安和柳清嚴突然合唱起浪子回頭，我是不曉得葉翔安在那裡學這首歌的，但唱得還算可以。

雖然和眼前的夕陽景色很不搭，卻很讓我放鬆，鬆到我都快忘了自己還待業中，也跟著他們一起哼起歌。穿梭在馬路上的車流裡，我們有共同的目的地，很有默契的往那個方向去，配著他們兩個人的說笑聲。

我知道我永遠都忘不了這個晚上，像我這樣的人，也能體會一次什麼是「生活的溫度」。

接下來的日子，我同樣過著一邊找工作，一邊努力兼職的日子。雖然一樣不安，一樣累，但少了我媽打來的電話，我覺得生活平靜很多。我媽就如同她那天罵我的一樣有骨氣，說不找我就真的不找我，我幾度在想她會不會出事了？我就是個愛操心的人。幸好去看我爸時，療養院的人說我媽偶爾也會去看看我爸，這樣就好了。

不太一樣的是，柳清嚴融入了我們的生活。

三個人吃飯也比較好煮，我幫忙負擔食材費用，他出勞力，我出場地。晚上我們會一起吃飯，剩下的飯菜就是隔天中午的便當，還意外的發現這樣很省。當然，我家裡還有個隱形的客人李小姐，當柳清嚴第一次看到她斷片睡在我家客廳地板上時，差點報警。

我告訴他，李小姐的住房習慣就是半夜會跑出去，白天會回來醉死在客廳裡，如果遇到我剛好在家，就會拖她回房間，不然就得等我回家，才能讓她睡回房間。因為這麼不正常的作息，柳清嚴才會來我家這麼多次都難得碰到李小姐躺在客廳。

「很幸運耶你，要不要去買樂透？」我說。

「妳對妳的房客很冷漠耶。」他說。

但我告訴他，我自己都對生活失去熱情了，還能給她什麼？只要她有需要，跟我說，我就會努力幫她做到。就像前兩天，我跟她結冰箱裡的酒水錢，順便問她有沒有要繼續住。她說要，然後就直接丟提卡款給我，還給我密碼，叫我自己去領費用，順便幫她買安眠藥。

後來她吃了安眠藥還迷迷糊糊跑出去，出了車禍。碰巧安安上學坐娃娃車時發現，我也是衝去醫院幫忙了，還好後來沒什麼事。

不曉得李小姐心裡得多受傷，才會做出這麼瘋狂的事？柳清嚴怎麼覺得我有辦法安慰她？最好的方式就是不要問，等她有辦法清醒著面對一切的時候，自然就沒事了。

他洗碗洗到一半，回頭笑笑看著我。我煩躁的丟著有去無回的履歷表，已經夠不爽了，還看到他這種清澈的笑容，更火，「請問笑點在哪？」

「妳看起來對別人很狠，但事實上妳對自己最狠。」

「不要分析我。」我瞪他，他還是笑，我只好利用他兄弟來整他。我對著房間方向大喊，「安安，清嚴叔叔說要帶你去買冰淇淋！」

安安開心的連畫筆都沒有放下就衝了出來，「我要吃兩盒！」

柳清嚴又笑出來，「妳的攻擊力道好弱。」我還來不及反嗆回去，他就牽著安安出門了。我看著闔上的門，真心覺得柳清嚴傻傻的，我根本還不算開始攻擊。

我準備接手他洗到一半的碗時，突然手機響了。我趕緊接起，一聽，是通知我去上班的消息。這是我上星期去面試的生物科技公司。我很喜歡這間公司，待遇非常好，但面試的長官聽到我一個人帶孩子，表情閃過一秒的難色，所以我沒有奢望我會被錄取，沒想到能在一個星期後接到通知。

我期待又怕受傷害，直接在電話裡頭再次確認，履歷表上面我有註明我是單親媽媽，真的可以去上班嗎？

對方笑笑，「葉小姐，我們公司對妳十幾年的業務能力非常肯定，明天見！」

「好，明天見！」我開心的掛掉電話，連碗都洗不下去，興奮的再拿起手機打給柳清嚴，他一接通，我劈頭就問：「你們在哪？」

「幹嘛？」

「我要去找你們。」

「妳聲音怎麼在抖？」

「我找到工作了，明天上班！」我激動的說。

下一秒，就聽到柳清嚴的失控的歡呼聲，「太好了。」

「我也要吃兩盒！」我接著又說。

「四盒都沒有問題，快來，轉角的便利商店！」

「馬上到！」我掛了電話，蹦蹦跳跳就衝了出去。

容易滿足的柳清嚴，曾對著時常容易感到緊繃的我說過一句話。他說：「永遠都要珍惜最開心的那個當下，因為人永遠不知道，接下來會發生多少讓自己應接不暇的事。」

我開心的到便利商店和他們會合。我們三人眼神交會，都能知道彼此的心情有多好。我們就這樣吃著冰淇淋東聊西聊，聽著彼此的笑聲，此時此刻，我忘了現實的煩惱，難得對未來有了一點希望。

隔天早上，我打起精神站在衣櫃前試著搭配一下僅有的幾套衣服。安安刷著牙，一臉無奈的站在門口，「媽，妳還要站多久？不做早餐嗎？」

「你先烤吐司，我馬上出去煎蛋。」安安應了一聲就轉身離開。我再搭配了十分鐘，總算換好衣服。一走出去，臭小子拿著吐司抹著奶油，望了我一眼說：「有什麼不一樣嗎？」

「有。」我心情不一樣可以嗎？

我沒好氣的去煎蛋，然後收到柳清嚴為我加油的訊息。正覺得要好好把握這次的機會，想著要如何幹大事時，安安不知道什麼時候在我旁邊，一臉哀怨的說：「燒焦了啦！」

我這才回神，只能說聲對不起。

幸好起得早，我乾脆帶安安去麥當勞吃早餐，他開心死了。送他到學校後，我又繞去看了我爸，告訴他我已經找到工作，我爸雖顫抖著，但我看到他的嘴角在笑，於是我心滿意足的前往新公司報到。

我被分在業務二組，組長是雅惠姊。另外四位組員我一度以為是四胞胎。她們個子差不多高，年紀也一樣輕，都是不到三十歲的妹妹，剪著一樣的劉海，不同的是劉海的厚度，過肩的微捲長髮，一樣的妝容。要不是她們有起來自我介紹，我真的會以為我眼前的景象是複製貼上。

我們主要業務就是推廣公司旗下的保養產品，我們這組賣的是面膜，因為面膜是新產品，所以要想辦法跟通路談合作，或是想辦法增加曝光度。公司的底薪非常高，業績獎金也很肯給，交出人事資料表的那一刻，真的很想去燒香拜佛。

不過，還有最終測試，聽說下午經理會幫所有新進的業務人員上課，順便考試。原本四胞胎還在搜尋附近美食，聽到雅惠姊這麼一說，馬上手機一丟，跟著大家吃便當，趕緊背資料。

我當然不會放過賺錢的機會，很努力的了解產品，有什麼問題就問雅惠姊。雅惠姊人很好，也很肯教，幸好過去的經驗讓我很快就對產品上手，我曾花半小時背完所有骨灰罐的材質和特性，所以背面膜種類和產品特性也不難。

我正努力複習時，小柚子老師剛好來電。我趕緊到外頭接起來，一聽差點沒有暈倒，小柚子老師說班上有小朋友確診腸病毒，所以要我現在去接翔安回家居家隔離。

「現在？」我真的嚇死。

「對，不好意思喔，翔安媽媽，真的要麻煩妳來接。」

我知道學校也不願意，但我真的無法在這個時候去接安安，我一定要做這份工作。我拉下臉打電話給我媽，可是她沒有接。我不死心的再打一次，卻是一個陌生男人的聲音，說我媽剛好離開座位，有急事的話，她回座再請她回電給我。

我嚇了一跳，現在是什麼情形？

但我沒有辦法多想，我實在是不想麻煩柳清嚴，他也在為他的生活努力啊。就在我不知道如何是好的時候，柳清嚴來電了，開頭就是，「妳上妳的班，安安我接走了。」

「你怎麼知道？」

「他打給我的，他知道妳今天第一天上班。」

「謝謝。」我真的萬分感激。

「別謝了，晚上煮拉麵喔。」

「好，那安安就麻煩你幫我送他回家，他需要居家隔離，不能亂跑。」

「知道了，妳好好上班。」

我掛掉電話那一刻，真的差點哭出來。有後援的感覺怎麼那麼好？我收拾情緒準備回辦公室工作時，居然在外頭走廊碰上了徐柏傑。他表情很冷，就像那天指責我一樣。

「沒想到他還真的願意當妳的救生圈。」

「這好像不關你的事。」我說。

「我不能關心前妻嗎？還是把我利用完了就丟到一旁，連前夫都不是了，想當初我還替妳養家養孩子。」

我深吸口氣回應，「柏傑，我家的確需要用錢，但我從來沒有拿過你一毛錢。我很感謝你那時候讓安安回家住，但安安所有的花費，也都是我這裡支付的。我很謝謝你過去的陪伴，我知道我有對不起你的地方，但你能不能不要無限上綱？」

「妳現在的意思，是我沒有資格討厭妳？」

「你要恨我、討厭我都可以，但不要讓我們的過去困住你，你就好好過你的生活。你不也交了女朋友？那就把我這種你心目中的賤人踢出你的世界，不是更好嗎？」

他走向我，看了我胸口的識別證一眼，「有點難，畢竟現在妳公司的辦公室就在我們公司對面，我們有的是機會常見面。不然，這工作妳不要做啊，算是為了我，離我遠一點？」

徐柏傑還是冷冷看著我，我頓時覺得自己快要不能呼吸，他再補一句，「沒辦法嗎？那就只好忍受我，就像我過去忍受妳一樣。」

他到底是多恨我？

我問不出口，看著他轉身離去，我第一次覺得害怕。

最害怕的是曾愛過的人，竟能變得如此陌生。

我臉色蒼白的站在公司外頭，腳好像被釘在地板上一樣。

幾年前的那句，「妳要順便負責我嗎？」的可愛告白，時不時還會迴盪在我的耳裡、我的心裡。因為有柏傑的存在，我才記得愛過的痕跡，至少我愛過了一次，我也沒有白活。

我對他，一直是感謝又歉疚的。

即便後來的婚姻生活中，我們過得像是室友，無論是他說的為了激怒我而出軌或是不堪寂寞偷吃，那都是我的錯。婚姻生活本來就不該只有一方等待、一方付出，我也試著努力，但我沒有力氣，所以他對我的所有怒氣和侮辱，我會收下，也會消化。

但我不希望因為恨我，讓他變成了另外一個人，那我會更無法原諒自己。只是，看柏傑的樣子，好像一切都要來不及了。

「妳還好嗎？」突然有個聲音拉回失神的我。我努力冷靜下來，轉過頭去，看到一位穿著幹練，臉上帶著微笑，有自信又美麗的女人。我的心跳掉了一拍，如果我是男生，她會是我的菜。

我勉強一笑，「沒事。」

「沒事就好，看妳長的這麼聰明伶俐的樣子，我想就算有事也難不倒妳吧。」她淺淺一笑，露出淡淡的梨渦，我又一次為她失了神。她對我頷首致意，接著從我的眼前離開。聞著她好聞的香水味，看著她優雅的步伐，我只能再次感嘆人生就是這麼的不公平。

我重重嘆了口氣，才驚覺考試要開始了。趕緊回到大會議室，見大家都就定位了，我整個差點沒嚇死。在我偷偷坐回位置時，雅惠姊還問我，「跑去哪啦？我還想說妳是怕考試，半路落跑了。」

「怎麼可能。」我笑笑，放棄也是要有本錢的。

「經理也剛來公司沒多久，她看起來雖然嚴肅，但人還不錯，應該只大妳一、兩歲，能力很強，是說看妳這身材三比八，臉也算娃娃臉，真的看不出來是生了一個孩子的媽媽。」雅惠姊打量著我繼續說：「這樣也好，這樣比較好再嫁第二次。」

「雅惠姊，妳也是離過婚的人，怎麼會想再嫁第二次？」在詢問雅惠姊產品的過程時，我也順便了解了一下她本人。她知道我也是離過婚的女人，多開心啊，因為有伴。

「我嫁三次了啊，剛沒有跟妳說喔？」

我正喝著水，差點嗆到，「所以妳想再嫁第四次？」

「對啊，晚上有人抱著睡還是比較好，妳說是不是？」她笑笑對我說。

我無法接下去，但雅惠姊一臉希望我附和的表情，我真的很不想潑她冷水。幸好會議室的門開了，櫃台人員端了茶水進來，我拍拍雅惠姊示意她可能要開始了，雅惠姊這才收起她天真的臉，離開她的位置走向講台。

我往門口的方向看去，就見剛剛在外頭走廊遇到的天菜，自帶風扇，走路有風的進來。而雅惠姊也過去和她說話。接著就看著天菜走上台，拿起麥克風，先是自我介紹，「各位業務組的新進同仁大家好，我是業務經理Amy，大家想怎麼喊我都可以。」

Amy說完，大家鼓掌，她微笑環視了全場一圈，然後對上我的眼，給了我一個微笑。是吧？是給我吧？我忍不住回頭看著我的位置後面，真的沒有人，所以經理是在對我微笑，我也回以微笑。

接著就聽她說業務部門未來的規畫和願景。公司專攻熟齡肌膚保養品，這次針對熟齡群族推出新的面膜產品，是公司準備要打入另一個市場的新系列。但公司不想走美妝通路，想從高級美容沙龍下手，所以特別成立業務一、二、三組。

看著她大方自信的在台上說話，一舉一動都非常吸引人，真的會忍不住看呆。接著，她針對每個新進人員提出產品問題，卻不會讓人感覺有壓力——至少我是這麼覺得，所以我答得非常順利，也順便說了一下剛才跟雅惠姊要了試用包來用的感覺，覺得在鼻翼的設計上不太服貼。

一般來說，東方人的鼻梁比較低，鼻翼比較大，這沒有辦法完全包覆。可是鼻翼兩側是女生很容易長粉刺跟出油的地方，如果用深層清潔面膜還沒辦法真正完全清潔的話，換成是我，下次可能就不會選擇這款面膜了。

我的保養其實很簡單，就是臉洗乾淨就好。之前同事買美妝送的面膜全都丟給我用，我用過很多品牌，搞不好能寫出所有面膜品牌的SWOT分析。

經理向所有人做完最終測試，好好的鼓勵大家一番，就讓大家各自去忙了。我正準備回位置時被經理叫住，「如晚嗎？」

「嗯，我是。」

「妳果然像我說的，什麼都難不倒妳。」

被稱讚得有點不好意思，「沒有啦。」

「好好加油，我很看好妳。」

「謝謝經理。」我微笑致意，心情很好的回辦公室。

一回到辦公室，四胞胎已經各自挑好位置，對我說：「如晚姊，不好意思，我們位置已經先挑好了，留最旁的那個位置給妳可以嗎？

「沒什麼不可以的。」我是來工作，不是看風水的，有位置可以讓我工作就好了。說真的，今天要我去坐在廁所邊我也ＯＫ。

我回到自己的位置，聽著雅惠姊分派業務的區域名單。四胞胎無論如何都不想分開，所以我很認分的讓她們去跑市中心，我就負責外圍區域，四胞胎裡的其中一個跟我道謝後，四個人就又手拉手去洗手間了，還邊討論著下班要去哪裡吃飯喝酒。

雅惠姊看著四人離去的背影，傻眼的過來跟我抱怨，「欸，她們是來工作還是郊遊的？」

我看著名單，安排著明天要跑的路線，笑笑說：「她們還年輕，現在這樣很正常啊，工作玩樂、玩樂工作，就是全部啊。」

「現在不努力，以後就會後悔。」雅惠姊不認同的說。

但看在我這種一直在努力的人眼裡，年輕不好好玩一次才會後悔。「算了啦，人生沒有對不對，只有自己覺得好不好，她們開心就好。」

「欸，妳明明小我十幾歲，怎麼說話比我還成熟？」雅惠姊雙手抱胸看著我。

我只是笑笑，沒辦法，誰叫我十幾歲開始就有老靈魂？我聳聳肩，雅惠姊笑笑，「還好公司後來錄取了妳，還有人跟我說話，不然我看那四個女孩子也不會來跟我吭一聲。」

我一愣，「所以我是最後被錄取到的？」

雅惠姊點頭，「本來一組就是四個人，人事部也都通知完了，後來經理說要再看了一次履歷，最後就說要再增加一個名額，妳是這批新進員工裡面，唯一一個由經理錄取的人。」

所以經理是我的伯樂？

被欣賞的人看中，是一種連血液都在爽的感覺。

我開心得要死，但我不敢表現出來，我簡直暗爽到要內傷，就連後來要下班了，我都還在爽。激動的走出大樓門口，學著電視廣告裡頭那種不管吃到什麼、用到什麼，下一秒就爽到閉上眼用力聞空氣的動作。

我用力一聞，嗯，沒味道啊！

那廣告裡頭的人為什麼要這樣？我不能理解，然後一睜開眼睛，就看到經理也剛好下班經過，帶著笑意看了我一眼。我尷尬的向她揮手道再見，她微笑向我點頭示意，然後踩著高跟鞋離開。

我看著她的背影，忍不住想，會不會有一天，我也能像她一樣，成為一個這麼有魅力的女人？

我希望可以，我會努力。畢竟我最厲害的就只有努力了。

抱著踏實的好心情，轉身要去搭公車時，我也剛好遇到了徐柏傑。我覺得我的心情再這樣大起大落下去，心臟太難負荷，一定會很快就死了。他看著我，又裝成不認識的和身旁同事說說笑笑離去。

我真的不知道到底要怎麼面對他，但我也不會放棄這個工作，我只能走一步算一步。不管怎樣，今天都算是一個新的開始，這樣就夠了。

我心情仍有些複雜的回到家，但聞著大骨高湯的味道，看到柳清嚴和安安對著我笑，我暫時想把徐柏傑的事忘掉，今天就記得開心的事就好，也給了他們一個笑容。

安安關心的問：「媽媽，新工作好嗎？」

「很好啊，你呢？今天不用上學是不是特別好？接下來幾天都不用去學校是不是更好？」我忍不住吐槽他。

「超好。」他也很坦白回應我，「不只我好不好，班上同學也都很開心啊，有哪個小孩喜歡上學啊？」說的也是，安安見我無法反駁他，一臉得意的去看他的哈利波特。

我走向柳清嚴，看見他在煮拉麵麵條，忍不住問：「你可以告訴我，有什麼是你不會煮的嗎？你要不要乾脆去開餐廳啊。」

「妳怎麼知道我想？」他認真的反問。

我也沒想到我會猜中，但還是要提醒他事實，「但你開一定會賠錢，因為你用料太實在了。」

「大家吃得開心就好。」他說。

「你覺得是因為有天才，還是有傻子，這世界才會更美好？」

他很不要臉的說：「是因為有我。」

「是啦，你就傻子啊！」

和他認識這段時間以來，我覺得我是帶賽，他是帶傻，有時候會傻得有點義無反顧，傻得讓人心疼。他不像我會痛會叫，他是乾脆不痛不叫。

我心裡是佩服他的。

「麵好了。」他想轉移話題，我只好讓他有台階下，喊著安安來洗手吃麵，我幫忙去擺碗筷。一如過去，他們兩個聊得開心死了，我自己一個人繼續看著公司資料，邊吃麵。很意外的，這竟是我覺得一天最放鬆的時間。

吃完飯，我洗著碗，聽著兩個傻子又在亂打賭，然後最傻的那個打賭輸了，欠安安一瓶養樂多，「你能不能別再跟他賭了，你每次都輸！」丟大人的臉。柳清嚴委屈的站到旁邊。

安安總是會在最適合的時機踩我一腳，「可是媽媽，妳也常輸我啊。」最傻的柳清嚴一聽，一臉得意的看著我。這激發了我的勝負慾，我不爽的跟安安說：「好，不然你現在來跟我賭。」

「那我們賭誰先閉眼睛，輸的話，妳要買蛋糕給我吃。」安安說。

「成交！」我說。然後不到三秒我就輸了。柳清嚴大笑，笑到要靈魂出竅，我真心覺得好糗，冷冷瞪著他，他才識相閉嘴。

於是，我和柳清嚴願賭服輸，只好一起出來買養樂多和小蛋糕。兩人走在路上，柳清嚴突然問我一句，「今天發生什麼事嗎？」

「什麼事？」我有點搞不清狀況。

「妳剛回家的時候，表情不太對勁。」

拜託一下，不過三秒，我就馬上要自己調整好情緒了，這樣也被他發現？「妳這表情就是我說對了。」好喔，現在連我的表情也能猜到，我還能說什麼？說實話啊，也沒有什麼不能說的。

「我遇到徐柏傑了，我沒想到他新公司和我們公司同一棟大樓，而且還在對面。」

「他還有說什麼嗎？」

「沒有。」怎麼說不就是那些恨我的話嗎？

他看了我一眼，拍拍我的肩，「有事隨時告訴我，我不能幫妳面對，至少可以聽妳發洩。」

我看著他，突然很想問一件事，「欸，我可以問你一個問題嗎？」

「可以，只要不是問什麼援交的事。」

我笑了出來，翻了個白眼後才問他，「你發現自己不愛你太太的時候，是不是很自責？」

他突然一愣，我也驚覺這問題太過私人，連忙說：「很難回答的話，不用說沒關係，你不用滿足我的好奇心。」

我尷尬笑笑繼續往前走，他跟上我的腳步，然後回答了我的問題。

「我一開始發現自己無法愛的時候，我很害怕。」我轉過頭看他，在他清澈的眼睛裡第一次看到驚慌。他繼續說著，「對我來說，愛一個人是我的信仰，你已經打定主意一輩子要愛她了，現在卻無法再愛，就像信仰被摧毀，我連自己說過的話都不能相信了，我不知道還能相信什麼。那段時間很像一直在夢遊走不出來，你知道你在生活，卻不知道過的是什麼日子。我一直在想自己怎麼會不愛了，但我找不到原因，只是不停在原地掙扎……」

這種感覺，我也好像似曾相識，卻沒他的感受來得深。

「對不起，害你想起不愉快的事。」我伸出手，攤平在他面前，「你不高興可以打我。」

他這才收起憂傷的眼神，笑了笑，「妳說的喔。」

他作勢要打，我很卒仔的收回來，他一臉「妳看吧！妳就是孬」的表情，我也不想否認，理直氣壯的說：「至我有誠意認錯。」

「這點妳倒是做得不錯，我發現妳很勇敢坦誠自己的錯誤，安安這點就有學到妳，他做錯事不會閃，會直接認錯。不得不說妳把他教得很好。」

「有這種事？」

「有。」

「他沒有跟你抱怨我都沒時間照顧他嗎？」

「有。」

我一凜，抬頭看著柳清嚴。他接著說：「但他可以理解，因為他很愛妳。」

「好了，不要再繼續這個話題，我不想在便利商店裡面哭。」我說完，就直接走進小七，決定挑一個蛋糕給安安以外，再補一包軟糖給他。

看著我拿了滿手的甜點，柳清嚴先是嘖嘖兩聲，「妳不是說不要讓安安吃太多甜食？昨天還說我買太多冰給他吃？」

「有嗎？有這件事嗎？」我沒印象，要裝傻我也不是不會。

兩人把環保袋裝得滿滿的才甘心離開。剛要走出便利商店，正好有一男一女走進來，女的非常有氣勢，很像大姊頭，看到我和柳清嚴愣了一下。我正想說怎麼了，就聽到那個女人對著柳清嚴喊了，「阿嚴？」

我轉頭，就看到他也喊了對方，「蔡姊？」

這才知道這個蔡姊是娛樂經紀公司的老闆，之前柳清嚴是她簽約下來的模特兒，男的是蔡姊的助理。只是不得不說，蔡姊的形象要是去混黑道，應該也會大放異彩的。

蔡姊拍拍柳清嚴肩問：「婚都離那麼久了，要不要回來公司？」

柳清嚴搖頭，「不了，謝謝蔡姊。」

「你喔，就是死腦筋啦，當初就說不要為了一個女人放棄你的事業，結果你看看你，明明有機會接戲的，為了一個女人斷送自己前途，你看現在這樣值得嗎？」

「蔡姊，這跟立妤沒有關係，我本來就不想演戲，當模特兒也只是賺賺外快而已。」

蔡姊一聽，拉著我說：「妳聽聽看！一堆沒本錢只能靠修圖的，一直往這個圈子鑽，然後這種有天分的人講這種話，妳會不會氣死？」

我尷尬笑笑，不知道要回什麼。柳清嚴拉過我，笑著對蔡姊說：「蔡姊，妳不要這樣，會嚇到她啦。」我膽子是沒有那麼小啦，只是我現在卡在要不要先離開比較好的掙扎中，有點不知如何是好。

「幹嘛？女朋友喔？想開了喔？」

「沒有啦，只是朋友而已。」他說。

蔡姊打量了我，給了我一個微笑，接著對柳清嚴嘆了口氣，「我跟你說真的，回來公司，現在大陸那邊很多戲演，你一定有機會，就算演個男三，錢都比在台灣好賺，你就不用再擔心錢的問題了。」

「蔡姊，真的不用。」柳清嚴很認真的再說了一次。他和蔡姊對峙著，最後蔡姊作罷，「好，不勉強你！但如果你改變想法，就隨時找我。」

「謝謝蔡姊。」

就在我以為結束這一切的時候，蔡姊又說：「對了，阿健打給你了嗎？」

「沒有啊。」

「他已經答應我要復出了。」

「真的嗎？」柳清嚴一臉意外。

蔡姊點頭，「他再不復出，我經紀公司就要倒了！我每天都在等著他回來重振公司。現在很多製作單位不愛用沒名氣的演員，阿健只要能出來，以他的實力，馬上會紅回來。」

「沒想到他會答應，他沒事了嗎？」

「人要向前看，都多久以前的事了，不就是一個女人，沒事別再去跟他說那件事，知道嗎？來啦，電話留一下。」

我看著他們互留電話，我仍是狀況外，一直到蔡姊走後，我們回家的路上，我看柳清嚴一臉魂不守舍的樣子，差點撞上電線杆。我只好問了，「你沒事吧？」

他回神，「沒事啊！」然後尬笑，不就是讓看到的人覺得他有事嗎？

就在他又差點走過頭，我去拉他回來時，我真的忍不住又問：「那個阿健到底有什麼魅力，讓你這麼魂不守舍？」

他突然瞪大眼睛看我，「妳不知道？」

「我為什麼要知道？」

「楊健啊！之前演過很多有名的電影。」

「我沒有時間看電影。」工作都來不及了，偶爾車上聽聽廣播，所以還知道一些歌手，但電影演員我真的不熟。

柳清嚴一臉我很無知的表情，我真的有點火，忍不住打了他一下，「那你知道Amy是誰嗎？」

他一愣，「是誰？」

「是我公司經理！」

他先是鬆一口氣，然後沒好氣的說：「我為什麼要知道她是誰？」

「懂我的心情了吧？」我說。他笑了出來，我又繼續問：「好，那楊健是怎麼了嗎？你很熟？」

柳清嚴點點頭，「小我一歲的表弟，也是他介紹我進蔡姊公司的。但因為發生了一些事，所以他暫時告別電影圈。前陣子我們還見過面，也沒聽說他要再復出，沒想到今天就聽到蔡姊說他要復出。」

「那你在擔心什麼？」

「我只是擔心他還沒有走出來。之前一段感情傷他很深，他才會暫時停止演藝活動，跑去美國生活。」

見柳清嚴說得保守，我想發生的事可能也不是能隨便跟外人說的。於是我也沒有再多問，只希望他不要多擔心，「既然都答應復出，我想應該是調適好了。不然你有空的時候再跟他聯絡，關心一下。」

他點點頭，「也只能這樣了。」

我們要上樓時，柳清嚴突然跟我說：「對了，我明天不能跟你們一起吃飯，我有約。」

「語氣幹嘛那麼沉重？你本來就該跟朋友多出去，老是跟安安膩在一起，你真的不煩嗎？」

「不煩，跟孩子在一起是最快樂的時候，因為不用多想，你只要對他好，他就會對你好了。」他很感慨的樣子。我真心不知道他在感慨什麼，我以前多想跟朋友出去，但社交需要錢和時間，剛好這兩樣我都算缺，久了就真的沒有朋友了。

「而且……」

他還想繼續說，我真的忍不住火大，「停！不要在我提一堆東西的時候講大道理！」他大笑了出來，我真的很難接到他的笑點，「快點開門啦！」連安安在裡面都聽到我的怒吼聲來開門了，這傢伙還在笑。

但說真的，我喜歡看他笑的樣子。

應該說，誰不喜歡看別人笑？

或許，我該學會多笑一點。

隔天一早，我在做早餐時就給葉翔安下了警告，「今天不准隨便打給清嚴叔叔，有沒有聽到？他晚上不會來。」

「我知道啊，他昨天跟我交代過了，我不是那種不懂事的小孩好嗎？」令人好想白眼的一句話。

當我們開始吃早餐，就見我這孤獨又神祕的房客李小姐，終於在白天還算是清醒的走出客房，尷尬的對我笑笑。安安熱情的拉了她來吃早餐，我想到她喝酒又吃安眠藥，出了車禍，我連忙冷言告訴她，接下來冰箱不會提供酒，而且如果再發生相同的事情，我就不能再租給她了。

我是要賺錢，不想惹麻煩。

而且那天去醫院看她那樣，我覺得她很可憐，為了她好，我只好當壞人。但李小姐好像很習慣聽難聽話，還是對我笑笑。看在這個笑容的分上，我在出門前，趁她還在吃早餐時，丟了一包胃藥和痠痛貼布在她床上。

我知道自己不是什麼體貼的人，我媽常說我像隻鬥雞。

但相信我，真的沒有人想隨時和人打架，當然職業是角頭跟討債的話另當別論。我只會努力做好我分內的事，包括照顧房客的健康，就這樣。

我去公司前，還是一樣先去看了爸爸。要離開時，叮嚀櫃台人員記得幫我爸穿襪子，櫃台人員順道問我，「葉小姐，妳哥哥回來了嗎？」

「有嗎？」

「最近幾次葉太太來看葉先生，都是被人載來的，我還以為是她每次都掛在嘴裡的兒子，可是都沒進來過。」

「那可能不是吧。」事實上我也不知道。不想再繼續話題，我說了再見後離開療養院。我努力收拾情緒，坐上去公司的公車，一路上都在忍耐。但我說真的，如果我哥回來，我媽卻不跟我說，我真的願意跟他們斷絕親戚關係，我爸我來養就好，我哥和我媽想怎樣隨便他們。

我掙扎著要不要向我媽問清楚，但最後決定下班再打電話給她，現在是打仗的時候，我不想和我媽吵完又沒了心情上班。

於是我把手機收進包包裡，先進公司打卡，再跟今天要去拜訪的店家聯繫一次。準備好試用品打算要出門，一轉身，四胞胎還在吃早餐跟化妝。我走了過去，對其中一位說：「珍珍，試用品中領單我放在雅惠姊桌上，妳們有需要可以拿。」

然後，她跟我說，「我不是珍珍。」

「對不起，小潔？」我再猜。

「不是，我是伊嫻。」

「抱歉。」我決定不再喊誰的名字，我真的臉盲。

我拿了東西走出業務二組的辦公室，迎面走來的 Amy 經理剛來公司。我禮貌的打著招呼，「經理早。」

「這麼早就要去出去了？」

「嗯，有些店下午開始營業，不太愛業務去打擾他們做生意，所以我跟他們約早上。」

「很好，中午回來一起吃飯。」經理突然這麼說。我嚇了一跳，她見我驚訝的樣子，笑了笑，「約妳吃個飯，嚇到妳了嗎？」

「沒有，只是有點意外。」

「不用意外，只是昨天聽妳說面膜在使用上有不服貼的部分，我跟研發部的經理提了一下，他們昨晚馬上開會討論，的確會有妳說的問題。幸好第一批生產的量還不多，所以會全數回收，我只是代替研發部經理請妳吃頓飯。」

根本不用吃飯，提出來的建議能被採納，就已經夠我開心了。

「經理，不用請我吃飯，能幫上公司就好了。」

「不行，該表示的心意還是要表示。我晚上有約，所以午餐見。」她微笑說著，要離開前，把她的唇膏遞給我，「雖然妳看起來還很青春美麗，但口紅要擦亮一點比較有精神，這個送妳。」

我都還來不及拒絕，口紅已經塞在我手中，然後經理就這麼瀟灑的走進公司。剛好出來上廁所的珍珍……還是伊嫻？反正就正好看到經理給我口紅，衝過來一臉羨慕的說：「如晚姊，妳和經理很熟嗎？」

我搖頭，她不相信的說：「那她為什麼對妳那麼好？」

這個是好問題，我也不知道。我這種倒楣鬼一向不是有福氣的人，突然有人對我這麼好，我根本受寵若驚，我需要收驚。

「還是妳是空降部隊？」她又問了一次。

我忍不住笑出來，「如果空降我幹嘛當業務？我直接去當主管不就好了。」

她想想，「也對，但經理未免也太偏心了吧。」她搶過我手上的口紅看著，「是香奈兒最新款的唇色耶。」

我拿了回來，「好了啦，我快來不及了，先去客戶那裡了。」我把唇膏收進包包，不管是什麼牌子的最新款都不重要，因為我不會用。我很清楚知道。那並不適合我，我只要淡淡的護唇膏就好了。至於這條口紅，會成為我努力的精神目標和護身符。

我難得一見的幸運，我想好好留住。

帶著這樣的衝勁，我很順利完成今天早上的工作。店家都對產品非常有興趣，對我提出來的合作條件也很滿意，都願意試著配合看看，一個早上我簽下了三張合作意向書。

我心滿意足的回到公司，把成績單交給雅惠姊。她愣了一下，問我是怎麼做到的。我把昨天吃晚飯時邊做的筆記給她看，先列出如果我是店家可能會有的疑問，然後一題一題找出最好的答案。他們沒有拒絕的理由，當然會願意試試。

「果然有經驗。」雅惠姊笑笑說。

不，果然我夠幸運。下一秒，就看到經理站在我們業務二組的辦公室門口等我。我在許多新進人員羨慕的眼神目送下，和經理一起去吃飯。

經理挑了間可能要吃三小時的餐廳，我很不習慣。

「妳看起來很緊張？」

「有一點，我比較沒見過世面，很少來這種大餐廳。」

「妳很特別。」經理笑看著我說。

「會嗎？」

「很直率、滿吸引人的。」

「這我自己倒沒有什麼感覺。」我說。

「通常惹人喜歡的人，自己都沒有什麼感覺。」

「我倒覺得這句比較適合形容經理。」

經理笑笑，她那有特色的鳳眼彎彎的，更吸引人了。她突然有感而發的說了一句，「其實女人並不一定要多惹人喜歡，但至少心愛的人要永遠喜歡自己，妳說是嗎？」

經理說完這句話，下一秒我想到了徐柏傑。我就是沒有好好的喜歡他，我們兩個人之間才會是這樣的結局。

「怎麼了？我是不是說錯什麼？」經理看著我問。我搖搖頭，忍不住反問：「可是永遠那麼遠，怎麼保證永遠愛一個人？不愛了真的有錯嗎？」有那麼多的環境和外在因素，我對徐柏傑的愛，不也是因為這樣，而緩緩消失。

不愛了就罪該萬死嗎？我也曾認真付出過，難道那些都不算數嗎？

經理先是略顯嚴肅的皺皺眉，接著笑了笑，「給了人家希望，再害別人絕望，為什麼沒有錯？」

我頓時不知道怎麼反應，只覺得口乾舌燥。

此時我的手機響了。我看著來電顯示，竟然是我媽。我猶豫著要不要接，畢竟現在是跟經理吃飯。但這是第一次我媽打來，我這麼想接，我有好多問題要問她。幸好經理眼神示意我接起。

我這才接了起來，然後差點沒有心臟停止，因為電話那頭不是我媽的聲音，是醫院打來的，說我媽出了車禍，需要我這個女兒過去一趟。

看到我慌張的表情，經理很貼心的問：「是不是有急事？」

「我媽出車禍了。」

「那妳快去忙，先處理急事要緊，下午就不用回公司了，我會跟雅惠姊說一聲。」經理貼心得跟天使一樣，我不停的謝謝再謝謝，然後起身離開。一趕到醫院，就看到我媽在跟警察做筆錄，幸好只有臉上一些擦傷，看起來精神狀況還不錯。我快步上前喊，「媽！」

我媽看到我，一臉心虛的轉過頭去，我覺得不對勁，「發生什麼事了？」

「沒事！」我媽仍敷衍著我。

警察生氣的說：「什麼沒事？現在有酒駕連坐法，妳不知道嗎？」

「酒駕？」我覺得我快昏倒。

「妳媽媽和那位男士酒測都超標，還開車上路，結果撞到正好放學的小學生，有兩個小學生受傷很嚴重，在急診室裡頭急救！」

我不敢置信！

我看著我媽，再看看另外一邊正接受另一名警察問訊的男人。那男人指著我媽，跟警察說：「都是她叫我開的，她說她心情不好，叫我陪她兜風。我也跟她說這樣不行，車子裡的行車紀錄器都有我們的對話！」

我快要不能呼吸，見我媽頭低得不能再低，大家說世界末日要來，但到底是什麼時候？對我來說，就是現在。

我還沒喘過氣，小學生的家屬已經來了，一群人有老有壯，衝了過來像是要吃掉我媽一樣。我本能的擋在我媽面前，被拉扯著，不能吭一句。受傷孩子的媽媽氣憤的說：「妳擋什麼擋？妳是她女兒嗎？」

我很想說不是，但我還是點頭了，然後一巴掌就落在我臉上，再來就扯了我的頭髮。我狼狽的跌倒在地，警察急忙過來擋，還是擋不住家屬的憤怒。直到醫生出來，說明兩個孩子在大腿的部分都有撕裂傷，已經做了處置，其中一個比較嚴重，肋骨斷裂，需要長時間的復原。

顯然肋骨斷裂那個孩子的媽媽，就是賞我巴掌的那個媽媽。她放聲大哭，孩子的阿公阿媽繼續推拉著我說：「我們一定要讓你們賠到死！」

家屬們撂下狠話後，鬧哄哄的去心疼自己的寶貝。而我沒有人疼，也從不是誰的寶貝。

我緩緩起身，拉拉我剛才被扯歪的衣服，心寒的看著我媽，所有的話哽在喉頭。

我不知道要講什麼，我媽迴避我的眼神，從一開始的不敢看我，到最後豁出去的站起來罵我，「不要再看了！看什麼看？妳以為我願意嗎？我心情很差妳知不知道？我每天就只能面對妳那個連一句話都不能說的爸爸，我快受不了，我快得憂鬱症了！」

我還是什麼都沒有說，我媽更是拉著我發洩，「葉如晚！不准妳再這樣看我！對，我是交了朋友，那又怎樣？我也想要好好過日子啊，我為什麼這把年紀還要在市場工作賺生活費？我這條命就這麼賤嗎？」

那我這條呢？

我什麼都不想說，轉身要走。我媽卻攔住了我，可能害怕我真的不管她，著急的哭了出來，「如晚，妳不能不管我，我是妳媽，我沒有錢賠人家，妳要救媽媽啊，妳救救媽媽好不好？這一次就好，我發誓，我下次不會了，媽媽真的不敢了，拜託妳好不好？」

我媽哭到跪在我的旁邊，我們成了醫院裡大家議論的對象，但我不在乎。我蹲下身看著我媽，緩緩伸手為她擦掉眼淚，然後想出最好的辦法，「媽，我們去死好不好？」我媽嚇一跳，推開了我，跑回警察旁邊。

我站起來，忍著身上的疼痛，搖搖晃晃的回家。我也不知道自己是怎麼回家的，

只知道安安看到我這副模樣嚇了一跳，很想問什麼，卻又不敢問的看著我進房，

我無力的躺在床上想著，我帶我媽去死之前，要把安安送到哪裡？

——

我不怕下地獄，因為這裡已經是地獄了。

第七章

何時才是痛苦的盡頭？

我不知道自己在床上躺了多久，腦海裡快速閃過我的過去，像人家說要死之前，會重溫過去經歷過的一切那樣。那些記憶，像是重新喚起我的所有痛苦，我有沒有一天，就這麼一天是為我自己而活？

我發現，人生最悽慘的不是沒有家庭溫暖，也不是成為失婚婦女，更不是當一個單親媽媽，而是我沒有為我自己做過什麼。

悲哀，如果要為我這輩子下一個註解，那一定是這兩個字。

窗外的天空漸漸暗了，包包裡的手機也一直震動著。我知道是我媽，但我不想接，不是不能解決這次的問題。反正再更努力賺錢賠給受害家屬，可能一年、兩年，可能三年、五年，總是能夠解決。

但讓我沒有力氣再繼續下去的，是解決不完的問題。總在我好像可以過過平靜的日子時，就會再有事。或許想逼死我的不是葉家，是老天爺。

突然我聽到砰砰砰用力拍門的聲音，安安有些恐懼的問：「是誰？」

接下來，我就聽到我媽的聲音，「安安，開門，是外婆。」

我一聽到這句話，勉強坐起身，用著發疼的喉嚨說，「不准開。」

我下了床，走到了客廳，對安安說：「你先去房間，這兩天沒有上課，你去聽英文歌複習，小柚子老師不是說下星期有英文歌唱比賽嗎？記得耳機戴上。」安安看著我，點點頭後才進房間，我把他的房門關起來。

走到大門口，打開門，我媽又哭又鬧的跑進來，抱著我說：「怎麼辦？我會不會被關？那個女人說要我賠一百萬，我哪裡來的錢？小孩又沒有死，只是受傷，他們怎麼可以那麼過分？」

我更感心痛的拉開我媽，冷冷的對她說：「妳自己想辦法，賠不出來，就去坐牢吧。」

我媽不敢置信的看著我，「妳怎麼可以這樣對我，我是妳媽！」

「我知道妳是我媽，妳不用從我小時候一直強調到現在，我不是白痴，也不是耳聾，我聽得懂。」我為了這句話，不知道付出了多少代價。

「妳這是什麼態度？」我媽又失控大吼。

我真的很怕安安的耳機頂不住這震耳欲聾的吼叫聲。

我想結束這一切，「話說完的話，妳就可以走了。」

「妳現在是真的狠下心不管我了嗎？」

「對。」

我媽一聽到我的回答，崩潰的砸著我家的東西。我無所謂，反正都是我在二手傢俱店買回來再重新整理過的，這些錢我還負擔得起。但我媽居然把安安昨天才剛拼好的樂高恐龍砸個稀巴爛，這我不能忍。

我抓著我媽的手，「妳鬧夠了沒？」

「沒有沒有沒有！妳如果不幫我這一次，我就不走！」我媽乾脆坐到沙發上，雙手環胸耍賴的看著我。我媽越是這樣，就越讓我覺得過去為家裡的努力都是白搭。我錯了，我早就該對這個家放手。

我不該一而再、再而三以為自己能撐起這個家，我太自大了。

看著我媽真的不打算走，我走了過去，搶走她身上的手機。她嚇了一跳，忙著想搶回去。但我一手擋著她，一手滑著她的手機通訊錄，沒多久就找到她兒子在大陸的電話號碼。我再次絕望的問我媽，「這就是妳說的，妳不知道葉如明去哪裡？」

「不准打給如明！他在拚事業。」

但我在拚命！

我直接撥出去按了擴音，很快電話就被接起來了。葉如明輕快的聲音從電話那邊傳來，「媽，怎麼啦？又跟如晚拿到錢要來投資我了嗎？」原來我給我媽要去繳我爸療養院的費用，經常是這樣被用掉的。

我看著我媽，不！我已經不想再看我媽。

「你媽酒駕撞到人，你最好快回來幫她，不然就等著看她去被關。」

我感受得到葉如明聽見我的聲音倒抽一口氣，然後繼續耍賴的說：「可是我這裡新的店才剛開，很難抽身，妳在台灣，妳就幫媽一下啊！妳幹嘛啊妳？要把責任推給我喔！」

他到底負過什麼責任？我真的笑了出來。我媽看到我笑，傻眼的看著我。我冷冷的說：「要不要回來隨便你，反正我沒錢，我幫不了你媽。」

我掛掉電話，把手機還給我媽，「我能做的就是幫妳找救兵，妳可以走了。」

我媽一把搶過手機，惡狠狠的瞪著我說了一句，「我真後悔生妳這個女兒！」推了我一把，轉身就走。

看到大門被「砰」的一聲關上，我全身虛脫的跌坐在地，不停喘著氣，因為我覺得自己好像就要窒息。我看到安安房間門口開了一條縫，我知道他還是目睹了這一切，我真的很對不起他，但我盡力了。

我轉過頭，不想讓安安看到我想哭的樣子。我整理著被我媽砸亂的客廳，安安邊打開門邊走出來說：「媽媽，我幫妳。」

我背對著他，「回去房間，地上有碎玻璃，繼續去聽你的英文歌。」

「可是……」

「聽話！」我不想大聲，但我忍不住大聲。接著聽見安安回房間關上門的聲音，我又只能再次感到歉疚，只能打起精神面對這滿屋凌亂。在我要撿起被打破的馬克杯時，一隻手突然搶在我前面撿起。我抬頭一看，是柳清嚴。

我看著他，他也看著我，他清澈的大眼告訴我，他什麼都知道了。下一秒，他伸出手拍拍我，我的眼淚無預警掉了出來。我第一次痛哭失聲，他什麼也沒有說，只是拍著我的背，我的淚腺像被打開開關，就再也關不起來一樣。

哭了好久好久，久到我再次回復意識時，是在我的床上。我努力睜開哭腫的雙眼，緩緩下床，走到客廳的時候，看見已經恢復原狀。安安躺在沙發上睡覺，而柳清嚴正幫安安組裝那隻樂高恐龍，我看了下時鐘，已經是午夜十二點多。

「你不是跟朋友有約？」

「結束了。」他回過頭看我。

但我知道不是結束了他才來，一定是和朋友碰面聊到一半，接到安安電話就跑過來了，「你該回去了。」我說。

「妳還好嗎？」

我點點頭，「沒死都算好吧。」

「桌上有鮮魚粥，去吃一點吧。」

「不用了，你快回去，明天還要上班。」

我上前去推著他，要他快走，他卻突然抓住我的手，把我拉到另一張懶人椅上坐著，「妳知道妳剛才哭到一半昏倒了嗎？」我搖頭，他繼續說：「妳知道妳腳上有傷嗎？」我看著膝蓋上的傷口搖頭，他再繼續說：「還有手肘也破皮了。」接著重重一嘆，「誰打妳了？妳左臉怎麼那麼腫？」

我沒有回答，只是看著柳清嚴。他也沒有再問，只是去拿了醫藥箱來幫我消毒和上藥。他邊動作邊說：「如果知道妳這麼耐痛，妳剛剛睡覺的時候就應該幫妳擦藥的。」

我還是沒有說話。他上完藥，對我說了一句，「我還能幫妳什麼？」

我搖搖頭，「你已經幫我很多了。」

他見我沒有第二句話，只好點點頭，收好醫藥箱，便把安安抱回房間睡，然後說：「那我先回去了。」

「不好意思，我跟安安說過你今天和朋友有約，別打給你的。」

「可是，我覺得他今天做得最棒的事，就是打給我。」他給了我一個微笑，轉身離開。

我也起身要回房間時，客房的門被打開。李小姐小心的走了出來，晃了晃我丟在她床上的胃藥和痠痛貼布說：「謝謝！能住在這裡，我覺得很棒。」

謝謝她不太純熟的安慰。我勉強一笑，「不好意思，這兩天安安沒有去上課，吵到妳了。」

「沒有沒有，安安很可愛，那個……妳加油。」她說。我點點頭後回房，可是，我想我的人生就算加滿油，也無法前進了，因為船早就壞掉了。

這個晚上，我一夜未眠，拖著疲憊的身體下床，就見安安已經做好早餐，「媽媽，我幫妳微波了，昨天清嚴叔叔煮的粥。」

「你吃吧。」我說。安安看了我一眼，又衝去倒牛奶，「那妳喝一點點牛奶？」我無法拒絕他的好意，即便我覺得現在什麼東西只要入喉，我都有可能會吐出來，我還是喝了。

「今天你一樣要自己在家，你可以嗎？」

「可以，我會乖乖，不會讓妳擔心的。」

「謝謝。」我多需要乖乖的家人。

他乖巧的坐到位置上喝著粥，然後小心問我，「媽媽，外婆是不是要賠給人家很多錢？」

「大人的事，你不要管。」

「可是媽媽的事也是我的事。」

「我自己會處理。」

「妳存錢的本子裡面的錢只剩下五個數字，但外婆要賠的錢有七個數字耶，妳沒錢了。」

「誰准你去亂翻我的東西？」

他一臉委屈的說：「對不起，我想幫忙。」

「你好好照顧自己，就是對我的幫忙了。」

「誰說的，我還可以找爸爸，爸爸也能幫妳啊。」

我已經夠煩了，我真的沒有力氣再應付安安，「葉翔安，我很認真的再說一次，你沒有爸爸，不要再說找爸爸的事了。如果你覺得我很辛苦，就不要再說這些事情來讓我更辛苦，聽到了沒有！」

我連牛奶都喝不下，轉身回房換衣服。我還是對無辜的孩子發脾氣了。像我這樣的人，是不是有一天也會走到像我媽那樣失控的地步，開始情緒勒索。

我整理好，走出房門，見飯桌上只有吃到一半的粥。安安應該是被我大聲之後躲回房間，不想看到我吧。我無奈的走到安安房門口，敲著他的門，提醒他今天該做的功課後，就到公司去了。

然後一進公司，我就趕緊去向經理道歉，「不好意思，昨天吃到一半先走了。」

「沒關係，家裡還好嗎？」經理一如既往的體貼。

「沒事。」

「有事隨時說一聲就去忙，不要緊。」

「好，真的很謝謝經理。」

經理走過來拍拍我，「別再謝了，我又沒做什麼。」

「有，妳的態度就是我最大的支持。」

「很開心我也能成為妳的力量。」經理給了我一個微笑後，我鬆了口氣，轉身去忙。我把今天的行程排得很滿，滿到那種回家躺在床上可以秒睡的程度。因為這個時候除了賺錢，我不知道我還能做什麼。

但幸好工作救了我一命，讓我覺得自己還有點價值。一直忙到下午，我才拖著走不動的雙腳回到公司，繳了十份合作意向書，請雅惠姊幫我加快公司內部跑流程的速度，好趕緊寄商品出去。雅惠姊和四胞胎全傻眼的看著我，「妳是瘋了喔？」

我累得連笑的力氣都沒有，「應該是吧。」

「太扯了吧！」

「如晚姊，妳是怎麼簽的啊，我們今天才簽兩張。」

「妳不會是請別人幫妳跑的吧？」

「跟妳同一組壓力太大了啦！」四胞胎一人一句，而我只是笑。

接下來的幾天都一樣，我上班前去看我爸，然後白天拚了命的簽單。晚上回家，就會看到柳清嚴已經在我家煮飯，安安則是在旁邊看電視，邊玩著他的樂高，不想理我。那天我那麼大聲對他說話，他還在生氣吧。

但我沒力氣跟他和好，我只是倒在床上就直接睡到隔天，柳清嚴也沒有叫我，可是我早上就會看到餐桌上連早餐都準備好了。

我換好衣服出來，看到安安坐在餐桌前吃著早餐，我也坐到了餐桌前，邊吃著早餐邊跟安安說：「小柚子老師說後天就要開始上課了，你晚上不能再看電視，要開始收心了，知道嗎？」

他沒有理我。

「那天對你大聲說……」我的道歉只進行到一半，他已經直接離開餐桌，走回他的房間。我一個人對著他沒有吃完的早餐，重重嘆了口氣後起身，還是走到他的房間門外說了一聲，「對不起。」

他沒有回我。

我只好繼續再去賺錢，然後在跑業務時，接到了被我媽撞到那個孩子的家長電話，「你們現在是怎樣？我兒子的命不是命嗎？連來醫院探望都沒有！」

「妳為什麼有我的電話？」

「妳媽說賠償的問題跟妳談。」

「是我開的車嗎？」

「妳是她女兒，妳就要負責。」

「那從今天開始不是了，請妳們自己去找她談，我不會幫她賠的。如果她不賠妳就告她吧，我支持妳。」說完後，我掛了電話，轉身走進店內，繼續和客戶討論合作事宜，不理會我的手機就一直震動。

一直到下午回公司，我沒有再看過我的手機一次。

突然覺得，遇到問題，逃避也是一個方法，也難怪葉如明樂此不疲。我在公司處理完最後的工作，要離開前，經理走了進來遞了杯咖啡給我，然後說：「妳明天不用來了。」

我錯愕。

「為什麼？」我這麼盡心盡力工作，簽了那麼多張單，公司居然要我滾？我覺得我眼眶濕濕的，我不能理解，更是不能接受，等著經理告訴我辭退我的理由。

她卻淡淡一笑的說，「罰妳在家休息一天。」

「啊？」

「妳太拚命了，害大家壓力都很大。我也不希望妳這麼累，這是一場持久戰，妳這樣燃燒下去，很快就沒電了。我希望妳調整好速度，讓大家能跟得上妳，妳也不至於太累，好嗎？」

我這才鬆了一口氣，而且是真的鬆到快要哭出來，「我還以為我要回家吃自己了。」

「怎麼可能？就是妳能力這麼好，我才要妳放慢步伐，明天好好休息。」

「不用啦！我沒事。」

「相信我，妳會需要的。」經理很堅決。說完之後她就離開辦公室，四胞胎在一旁又羨又妒的看著我。我不喜歡那種眼神，跟雅惠姊說完再見，就拿著經理給我的愛心咖啡離開辦公室。

賺到一天假，我決定好好陪安安，希望他不要再生我的氣。

當我到一樓大廳時，包包裡的手機又響了，我還是不打算接。會不會把手機號碼換掉是一個更好的解決辦法？就在我這麼想的當下，突然有人搶走了我手上的咖啡，我還沒有反應過來，咖啡已經潑向了我的臉。

下一秒，就是幾個人開始對我推擠拉扯，大吼大叫，「把妳媽交出來！」「不然妳就是要負責，誰叫妳是她女兒！」接著我被用力推倒在地。圍觀的人越來越多，然後我看到徐柏傑也站在一旁，靜靜看著我被唾棄，不發一語。我試著站起來，眼見下一秒又要被推倒，有人在後面接住了我。

我回頭一看，是那個穿著粉紅外送制服還戴著安全帽的柳清嚴。

他把我拉到了背後，對那些向我討公道的家屬指了指上頭的監視器，「這次換我們可以要求你們賠償了。」

家屬們瞬間心驚。柳清嚴繼續說：「大家都很清楚，肇事的人不是她，結果你們一群人還來這裡打她。我會帶她去驗傷，一個一個跟你們算帳！」

他說完之後拉走了我，我以為他要帶我離開，但不是，他居然拉著我走到徐柏傑的面前，「還有你！你的幸福是你自己葬送掉的。明明就有更好的處理方式，是你自己選了最壞的那一個，然後把錯推給她。就像剛剛一樣，你在她最需要幫助的時候，選擇站在旁邊看。下次敢再去找她發酒瘋，還是給她臉色看，我也不會放過你的。」

柳清嚴說完，還作勢要打徐柏傑，徐柏傑嚇一跳退了一步，接著柳清嚴就把我拉出大樓門口，走到他的摩托車旁，從置物箱裡面拿出他的毛巾幫我擦掉咖啡漬，再拿出他的外套幫我穿上。

「我自己來就好。」我退了一步，打算自己拉上拉鍊時，我聽到了吸鼻子的聲音。我不禁抬頭一看，就算是戴著安全帽，我也能看到柳清嚴的眼眶是紅的。我嚇了一跳，小心的問：「你在哭嗎？」

他別過頭去，再一次吸吸鼻子後說：「沒有。」

我拍拍他的安全帽，「我真的沒事。」有人幫我傷心，我就不需要傷心了。我全身散發著咖啡香氣，又髒又狼狽的對他一笑。

他有些沒好氣的說：「妳還笑得出來？」

我點頭，「因為這件事沒有嚴重到需要兩個人的眼淚。不要為我哭，這樣我會覺得更對不起你。」

「妳這輩子最對不起的人，是妳自己。」

「我知道，我現在真的知道了。」我說完，才見他眼神多了點安心，一想，忍不住問：「你怎麼會來這裡？」

他搖頭，「是安安打給我的，他說有一群人跑去家裡要找妳，但他沒有開門。雖然後來那群人走了，可是他很擔心妳，叫我來找妳。」

「那我們快點回家，安安一定嚇死了。」

於是我和柳清嚴加快速度回家，結果一回到家裡，卻不見安安的蹤影，我撥他手機，手機卻在家裡。

我頓時心臟像停了一樣。他很有自己的主見沒錯，但他為了不讓我擔心，從不會自己單獨去哪裡，就算真的要去哪裡，也會先打電話問我可不可以，我才會請樓下的阿姨上來帶他去。這是第一次，我不知道他去哪了。

「會是那些人帶走安安嗎？為了報復我？」

「不至於，更何況安安根本沒有開門，他應該是後來自己出去的。」

「但他會去哪？他從來不會自己亂跑出去的啊！」

我無法在家裡空等，衝下了樓，先去我們常去的附近公園，再去我們常去的便利商店，四處都沒有看到小孩。我越來越慌，耳裡根本聽不見柳清嚴在說什麼，只覺得自己全身都在抖，呼吸越來越急促，我不停往前走，唯一的目標就是要找到安安。

突然一股力量把我拉住，我撞進柳清嚴的懷裡。下一秒，我聽到柳清嚴大罵的聲音，「妳在幹嘛？冷靜一點好不好？妳差一點就要被車子撞到了！」我回神，才看到自己站在馬路旁。

我想到自己剛才經歷的一切，害怕安安獨自在外頭會不會也面臨相同處境。我無助的哭了出來，「都是我的錯，是我為了工作，放他一個孩子在家裡。他才幾歲？我只丟了隻手機給他，讓他自己照顧自己，讓他跟著我吃苦……」我哭到不能自己，拚了命想做好每一件事，卻沒有一件做好的，我這麼無能的人，如晴怎麼會把孩子託付給我？

柳清嚴拉著我，「如晚，妳聽我說，我們先去報警，然後回家裡等。我覺得安安只是出去一下，他那麼聰明反應又快，一定不會讓自己發生危險的，妳要相信自己養大的兒子啊！」

我這才冷靜下來，點點頭，努力不再讓自己發抖，和柳清嚴往回走，準備去離家最近的一間警局報案。剛好要經過家門口時，突然一輛計程車停在不遠處，計程車司機還專程下來為客人開車門。本來不在意，但當車上下來的人是葉翔安時，我差點沒有嚇死。

他沒有發現我跟柳清嚴正傻眼的看著他，還開心的對計程車司機先生說：「謝謝阿伯。」然後準備要進家門。

他小跑了幾步，看到我和柳清嚴站在眼前，馬上腿軟跌到。柳清嚴急忙過去扶他，我則是轉過身，努力克制想要出手打他跟打我自己的衝動。

安安站到我背後喊，「媽媽。」

一聽到他的聲音，我真的克制不了我的脾氣。我再次轉身，咬著牙問他，「你去哪裡？」

他低著頭不說，我脾氣更上來，「我再問一次，你去哪裡？」他還是不說。我上前拿走掛在他身上號稱收銀台的錢包，只要他掛著這個包包做家事，我就會往裡面投薪水，所以這個袋子裡面有好幾百塊。

「收銀台沒收，我再問一次，你到底去哪？」

安安抬頭看著我。他是很倔的孩子，他不願意說，就是不會說，也不會去討救兵，就這麼站著看我。柳清嚴也是，不說話不表態，也不干涉就待在一旁看著。

「你知道你這樣亂跑出去，會讓我變成壞人嗎？」我故意這麼說：「你如果發生什麼事了，大家不會說是你亂跑，只會說是我沒有照顧好你，我就是一個虐待小孩的家長。」

這才激起安安一點歉疚，大喊，「不是！」

「那你出去幹嘛？家裡的冰箱都有食物，你也都用手機叫外送，你到底出去做什麼，還坐計程車回來？」見他還咬著牙不說，我氣到不行，「好，你不說沒關係，我就陪你在這裡站，你不說，我們也都不用上樓！」

我就和安安對峙著，最後他心虛的逃避了我的眼神，低著頭小聲說：「我去找爸爸了。」

原本以為小孩子只是講講，沒想到安安真的會行動，我更沒有想到此時此刻自己的心情會這麼複雜、會這麼委屈的想哭。我養的孩子去找他自己的爸爸？我真的是忍住眼淚和全身的顫抖問他，「那你找到了嗎？開心了嗎？要不要去跟他一起住？我去幫你收拾行李！」

我說完轉身要走。安安趕緊拉住我，而另一隻手是被柳清嚴拉住。我先是甩開安安的手，然後想甩開柳清嚴的手時，他卻緊緊抓住，不讓我走，低著頭跟安安說：「安安，你知道自己這樣跑出去很危險嗎？」

我轉過頭去，不想面對他們，聽安安帶著哭音說：「我知道，但是我想找爸爸幫媽媽，阿嬤跟舅舅都欺負媽媽啊，今天還有壞人來找媽媽要錢。」

「叔叔知道你想對媽媽好，但是媽媽更希望你安全，你懂嗎？」

「我知道，但是我怕媽媽沒錢就不要養我了。」

我不敢置信的看著安安，柳清嚴怕我發飆，連忙跟安安說：「媽媽怎麼可能不要你，她這麼努力賺錢，就是想要好好照顧你這個兒子啊。」

「不是，我知道我不是媽媽的兒子。」安安哭著說。

我整個氣炸，甩開柳清嚴的手，「葉翔安，你再給我說一次！」

他掉著眼淚看著我，真的再說一次，「妳本來就不是我媽媽。」我的手已經伸起來，克制不住要打他時，他繼續哭著說：「我媽媽是葉如晴。」我的手停在半空中，不敢相信的看著安安，說不出半句話。

柳清嚴也傻眼的看著我，完全狀況外。

我發抖著問安安，「你知不知道自己在說什麼？」

他用力點頭，接著把一直戴在手上，上面寫著「平安富貴」四個字的週歲銀牌手鍊翻過來，「我看得懂這個！」

我和柳清嚴一看，銀牌後面刻著「兒：葉翔安，母：葉如晴」。我幾乎要跌坐在地，是柳清嚴扶住了我。我並沒有想過這件事要瞞一輩子，但至少是在葉翔安長大成人，能為他自己負責的階段。現在他還需要媽媽，我就該是他的媽媽！

我哽咽問著，「你什麼時候發現的？」

「會看字的時候，我知道晚的邊邊跟晴的邊邊不一樣。」我看著這個聰明的孩子，卻無法在這時稱讚他。

「所以你最近鬧著不去學校，要去找爸爸，是真的怕我沒錢就不要你了嗎？」安安點頭，原來我在安安心目中是這樣子的人。

我難過的抹去眼淚，無法再面對安安，最後轉身上樓，留下錯愕的柳清嚴和安安。

然後，我一個人待在房間裡，坐在窗台前。

我感到非常無助，前所未有的無助，不明白這一切為什麼突然失控。我媽變了，不管她怎麼對我，她的心裡都還有我爸，但現在也沒有了。安安知道我不是他媽媽時，他一定嚇到了，他卻沒有告訴我，一個人守著這個祕密，自己承受會被丟下的擔心跟害怕。他明明今年才剛要幼稚園畢業，卻已經提早長大。

我盡力的想讓他生活單純，為什麼他還是早熟得那麼讓人難過心疼，是不是我還不夠努力？一定是。

一定是。

「喝點熱牛奶。」柳清嚴站到我面前，把熱牛奶遞給我，也跟著坐到另一邊，接著像在報告行程一樣，仔仔細細說著，「安安洗完澡吃完飯去睡覺了。」我沒有回答，仍是看著窗外。他也什麼都沒有說，陪我看著窗外。

過了好久，我才緩緩開口，「嚇到了嗎？」

他點點頭，「嗯。」然後過了好久，才又說了一句，「妳到底是怎麼活下來的？」

我苦笑，「每天想死，但是每天都沒時間死，就活到現在了。」

他眼神複雜的看著我，「還好妳活下來了，我才能認識妳。」

「你會不會覺得，那時候在山上寧願載到鬼，也不要載到我？」

「妳有兩個壞習慣，什麼都往壞的想，什麼都往自己身上攬。」

「因為我不做，沒有人要做。」

「那是因為他們覺得妳會做，所以才不做。」

我看著柳清嚴，無法反駁他這句話。他繼續說：「誰先看不下去，誰就會先做，這是不管在哪裡都適用的。工作上看不下去，你就撿起來做，家裡沒有人要做的，妳也只好忍著脾氣做，但其實妳不管，它還是會被解決。妳最大的弱點就是心軟，就算妳和妳媽吵得再兇，妳還是心疼她。」

「安安到底跟你說了多少？」

「其實在山上那天，我不小心聽到妳和妳媽吵架了。」

「那你就該逃啊。」

「逃去哪？」

「逃得越遠越好，省得當我的司機、我的保母，我的私人助理。」

他笑笑的說：「可是認識妳和安安，是我最接近家的一次。我從小就跟我媽住，幾乎沒見過我爸，我知道他在外面有自己的家庭，後來我有了弟妹，我爸就跟我媽離婚了。他跟我媽說他沒有打算養我，所以把我留給我媽。我媽在我十二歲的時候，就生病過世了。後來阿姨接走我，就是楊健的媽媽，我在他們家住到十八歲後，開始獨立生活。」

第一次聽到他說自己的事，我有些意外。

「所以看到妳那麼努力的帶孩子生活，我總會想到我媽。如果那時候有人幫她，她是不是就不會因為養我而累到生病。」

「你爸真的一次也沒有聯絡你？」

「沒有，從來沒有，就連我媽的告別式，我大姨打電話給他，他也沒有來。那時候我才發現，我的親生父親對我沒有任何一點愛，甚至連一點憐憫都沒有。後來我成年了，阿姨問我要不要留下我爸的聯絡方式，我拒絕了。」

「為什麼？」

「因為從我媽死的那天，我就再沒有把他當成是我爸了。奢求一個不愛自己的父親，就是勉強。其實，剛剛我有點羨慕安安，就算妳不是他的親生媽媽，妳還是用盡最大的力氣照顧他。」

我搖頭，「其實我一點都不想照顧他。每次累的時候，我都會想，我為什麼要受這種罪？為什麼我都沒有答應，我妹就把自己兒子丟給我。我曾經有好幾次想著，不如把安安送去育幼院算了。下一秒，又覺得有這種想法的自己很狠心。我沒有你想像的那麼好，我其實很自私，我刻意跟安安保持距離，也從來不跟別人說他是我兒子，我只會說他是我的孩子。我連他開心的時候想要抱他，他難過的時候想要安慰他，都會猶豫。每次他叫我媽媽，我就心虛，我根本不想當他媽。」

「但我看起來，妳是太愛他，才會不知道怎麼面對他。妳怕有一天，他如果知道妳不是他媽，可能不會再像現在這樣，老是跟前跟後喊妳媽媽，甚至會氣妳的隱瞞跟欺騙，最後離開妳，所以才故作冷漠。不然剛剛他說去找爸爸，妳該開心、該覺得鬆口氣才對，妳為什麼生氣、為什麼眼光泛淚？葉如晚，妳看起來很凶、很堅強，但妳其實根本不會保護自己。」

我看著柳清嚴，聽著他說的話，忍不住雙手抱胸，努力防衛，這種被看透的感覺，像心裡某塊地方塌了、軟了。

「你不要再分析我了。」

「因為我都說對了嗎？」

我沒有回答他，轉過頭去看著窗外，「我常在想，為什麼我當初要跟如晴嘔氣這麼久，如果我們早一點和好，我會不會早一點發現她生病，然後她就有救了。這樣安安就有真正的媽媽，是不是一切就會不一樣了？」

「這個問題，我沒辦法給妳答案。」

我深吸了口氣說著，「其實我常常很想她。」

說完這句話，我的眼淚就掉下來了，我自己也知道，就是因為太想念她，但為了要自己不去想她，只好討厭她、只好氣她，這樣我就不會因為太想她而掉眼淚。

可是想念怎麼可能藏得住？

越不去想，就越容易在夢裡想起她，想著她甜笑著喊我姊姊，想著我牽她上下學，想著我陪她複習功課，想著我幫她趕走班上的臭男生，想著她離家前那晚吃鹽酥雞時，她說自己愛上了一個人那美好的表情……這種種，都讓我在夢醒的時候抱著棉被痛哭。

如晴，妳在天上好嗎？

還是妳已經又重新來到這個世界上？如果是，妳一定要比之前更健康、更快樂，更能無憂無慮的去愛一個人，而且還要更幸福。我沒有氣妳了，真的沒有了。

這是第一次，我釋放了對如晴的想念。

柳清嚴向前抱住我，輕輕拍我的背。我眼淚繼續掉個沒完，一會，我感到衣角被拉了拉。我推開柳清嚴，低頭一看，是安安。「媽媽，我保證不會再亂跑了，妳不要傷心了好不好？我會重新做人的，當葉如晚的好兒子。」

「也要當葉如晴的。」我說，安安用力點頭。

然後我第一次緊緊抱住安安，安安也緊緊抱住了我。我聞著他身上屬於孩子的香味，希望他能夠像普通孩子般生活。我流著眼淚說：「不要再擔心我有沒有錢，今天就算我窮到要去要錢，我也會把你帶在我身邊，不會丟下你的。」

安安在我懷裡點頭。

我抬頭看向柳清嚴，他充滿少年感的大眼好清澈，神情溫柔的對著我微笑。看著他的笑容，我突然有點頭暈目眩。我放開安安，緩緩起身想擦掉眼淚時，柳清嚴那雙會做菜又過分好看的手，已經為我抹去眼角的淚水。

他用著他那彷彿被上帝親吻過的臉，再次對我微笑。我突然貪心的想著，這個人能不能像現在這樣，就一直待在我的身邊。

頓時，我的腦海裡發出危險信號。

我激動的推了柳清嚴一把，喊，「不可以！」我怎麼會有這種想法？對一個還沒有離婚的男人。

柳清嚴錯愕的看著我，安安也一臉莫名。

「很晚了，你快回去。」

我隨手抓了睡衣往房間外衝，把自己關在浴室裡，對自己說了八萬次「不可以」。

可是女人說不可以，就是可以。

第八章 真正愛上一個人，是會害怕的

意識到自己對柳清嚴的感情，我嚇得整晚沒有睡。

在徐柏傑身上，我知道相愛是需要資格的。以現在的狀況，我不管跟誰在一起，那個人會變成徐柏傑的機率有百分之八十，最後以分開為收場的機率是百分之百。我不能再愛誰，也不能讓誰愛我。

因為最後，相愛相殺，鮮血都成了眼淚。

我羨慕那些能放手戀愛的人，就好比公司可愛的四胞胎，生活是第一，工作才是第二。她們還有本錢揮霍她們的青春，在她們這個年紀，盡情去愛，能盡情玩鬧，盡情的笑。

可是我不行。

雅惠姊偶爾也會用羨慕的眼神看著她們，我也會，然後我們互相抓包，互相偷笑。最殘忍的總是時間，它也是這世上最公平的一件事。時間對於每個人都一樣，過了就過了，留給你的只有回憶，對了，還有後悔。

只是後悔，都已經來不及了。

安安起來上廁所，見我癱在沙發上，衝過來搖著我，「媽媽，妳怎麼了？妳生病了嗎？是不是要死了？」

「差不多了，整晚睡不著真的很想死。」

「妳為什麼睡不著？還在生我氣嗎？」他問。

我坐起身搖搖頭，拉著他在我旁邊坐下，換我問他，「那你氣我嗎？你知道我不是生你的媽媽的時候，你會不會覺得我騙你？」

他認真想了一會才說：「我看電視裡的大人都說他們有苦衷，媽媽也有對吧？所以我不會生氣，其實我還滿高興的，我有兩個媽媽。」我看著他一臉認真的說著，有股熱氣又要從眼眶衝出來。

我忍了下來，「好了，去刷牙，吃完早餐之後，我們先去看阿公，然後我帶你去動物園好不好？」

安安瞬間從沙發上彈起，「媽媽，妳不會又沒有工作了吧？」

「當然不是，是我表現太好，老闆讓我今天休假。」

「真的？」他還是不敢置信的再問一次。我點點頭，他開心的衝回去房間，在我還沒有搞清楚他要幹嘛時，他拿著手機從房間再衝出來說：「我要打給清嚴叔叔，我要約他去。」

我一聽差點沒有嚇死，一秒搶過他手上的手機。

這下換他嚇死，「媽媽，妳怎麼了？」

我忙收起驚訝的表情，清清喉嚨，極力掩飾心虛，試著分析給安安聽，「安安，我有事想跟你談談。」

他一聽，去拉了小椅子來我面前坐下，「好。」

「我問你，你是不是很喜歡清嚴叔叔？」

「當然啊，因為清嚴叔叔跟柏傑叔叔不一樣，他喜歡我。」聽到這樣的話，我又忍不住心酸起來。小孩子的感受是最直接的，即便徐柏傑從未對安安說過什麼重話，只是冷漠就已經狠狠拉開彼此的距離。但柏傑不親近安安有錯嗎？當然沒有。

「柏傑叔叔他只是……」

「有苦衷，大人都有苦衷。」他這樣回我。我忍不住苦笑，然後安安又補了一句，「可是我長大不想變成有苦衷的大人。」

於是我很認真告訴他，「那你就要比別人更勇敢。」

「我會，因為我已經答應過清嚴叔叔了，這樣才能保護妳啊。」

「可是安安，我不需要你的保護，你只要保護你自己，我對你從來沒有什麼嚴格的要求，我只要你快樂就好，因為快樂是這世界上最難的事。你如果連最難的事都能做好，你就什麼事都能做好。」

他似懂非懂的點點頭。

「現在跟你說這個可能有點難，但沒有關係，你記住就好。現在最重要的是，我要你答應我，從今天開始不可以再打給清嚴叔叔了。」

「為什麼？」

「你如果很喜歡清嚴叔叔，你是不是會希望他不要那麼辛苦？」

我說完，安安想了一下後點點頭，「嗯，外送真的好辛苦，我以後要尊敬外送的叔叔。」

「所以啊，他都那麼辛苦了，晚上還要煮飯給你吃，是不是更累？」

「是啦，可是他煮的東西是全天下最好吃的。」安安自己掙扎著，「不然，清嚴叔叔一星期煮一次就好？」

「安安，辛苦的不是煮飯。你也知道我們家有很多苦衷、有很多事情，我不想把清嚴叔叔拖下水。你看昨天晚上是不是也害清嚴叔叔很晚才回家？清嚴叔叔也需要賺錢，他有他自己的生活，我們如果一直打擾清嚴叔叔，就會害他更累對不對？」

看得出安安不想說對，但又不得不承認的點點頭。

「清嚴叔叔還有更重要的事要做，我們這段時間先不要吵他好不好？」

「多久？」

「一百八十天？」

過了一百八十天，我昨晚那種心動的感覺，是不是就可以不見了？

「很久耶，我會想他。」

「為了清嚴叔叔好，你忍耐一下下好嗎？」也為了我好。

「我思考一下。」他說完爬上了沙發，然後一臉認真的在那裡想著。我也不打擾他，但我知道我會聽到我想要的答案，他就是這麼懂事又天真的小孩。於是我去做早餐，他自己一個人在沙發上，一下趴、一下躺，一下重重嘆氣。在我煮好蛋粥的時候，他走了過來，「媽媽，我答應妳，因為我想要清嚴叔叔快樂，他只要快樂，就什麼事都會做好對不對？」

「對。」離我們遠一點，他就能重新好好外送賺錢，早點去做他自己想做的事，這是我對他最由衷的心意。

「所以不管我們之後發生什麼事，你都可以保證不打電話給清嚴叔叔嗎？」我問安安。

他一臉慷慨就義似的點點頭，「好，我不打給他，我可以打給巧漫阿姨，我們最近聊天聊很多心事。」

我傻眼，「你是說李小姐？」

「嗯，我常常安慰她，還請她喝多多。」我笑了出來，說真的，葉翔安搞不好比我還社會化，四海之內皆朋友。

我端著粥上桌時，他貼心的幫我佈碗筷，然後抬起他的小臉，「那媽媽怎麼辦？我可以打給巧漫阿姨，可是媽媽想清嚴叔叔的時候，要打給誰？」

好問題，我勉強一笑，回答安安，「我不會想他的。」也不能想。

所以我趕緊轉移注意力，和安安趕快吃完早餐。整理好，就到療養院去看我爸，卻沒想到會看見我媽正在為我爸擦臉，她發現我來，假裝過去幾天她酒駕撞到人的事沒有發生一樣。

「如晚，怎麼來啦？今天不用上班嗎？」

我沒有回答他，上前去喊了我爸。安安也靠過來，牽著我爸的手喊阿公，我爸看起來很開心的樣子，我也覺得開心。

我媽湊了過來，拉拉我的手，「如晚，媽媽可以跟妳聊聊嗎？」

「如果要說賠錢的事，就不用說了。」

「不算是啦，但我覺得妳聽了應該也會鬆口氣。」

「什麼意思？」到底在講什麼？

我媽看了安安一眼，小聲的說：「妳出來啦。」

我媽說完就走到外頭去。我滿肚子無言，要安安唱英文歌給阿公聽之後，走出去找我媽，我看到她站在中庭，一臉神祕的對著我揮手。

我走了過去，「到底是什麼事？」

「我知道妳很氣媽媽，但妳也不要覺得我都沒有在檢討自己。我知道妳為了這個家真的很辛苦，如果沒有妳，我們這個家早就垮了。」

「不是早就垮了嗎？」我都苦了二十年了，現在才覺得我辛苦？

我媽扯著笑說：「哪有，要不是有妳，你爸哪還能活到現在？」我媽講話真的隨時都能挑戰我的底限。我爸的命是可以拿出來這樣開玩笑的嗎？

我忍住，不想在這裡跟她吵，冷冷的說：「講重點。」

我媽看著我，好像有點難以啟齒的樣子。我的耐心正慢慢消失，最後轉身要走，我媽才趕緊攔住我，「等一下啦！」

「不要浪費我的時間好不好？」

「我最近認識了個朋友，他說國外有很多生不出孩子的夫妻，都很有錢也很有愛心，想要領養一些小孩。反正妳當初也不想幫如晴養安安，我是想，還是就請我朋友牽個線，幫安安找對有錢的父母……。」

我簡直氣瘋了，「邱麗鳳！妳是不是瘋了？」

我媽一聽到我直喊她的名字，本來想變臉，卻忍了下來，苦口婆心勸著我，「我這都是為妳好，也為安安好啊！我很後悔當初沒有聽妳的話，不應該讓如晴自己生孩子，結果真的拖累妳，害妳和柏傑離婚，一輩子都要帶著安安。妳是我的女兒，我也想要妳幸福啊，現在剛好有機會，安安可以過好日子，妳也可以重新過自己的生活……」

「賣多少？」我冷冷問她。

「妳在說什麼？」

「還裝嗎？我說妳怎麼賣孫子的？價格怎麼喊？」

我媽立刻惱羞成怒，「我怎麼會賣自己孫子，我是捨不得他吃苦！他那麼聰明可愛，如果去到有錢人家，想學什麼就有什麼，不是對他更好嗎？我是在彌補我過去的錯誤！妳不要把我講的那麼壞，再怎樣我都是妳媽！」

那句「再怎樣我都是妳媽」突然在我的心裡已經起不了任何作用。我沒有生氣，也沒有妥協，此時此刻我非常平靜，對於我媽的胡言亂語和自私貪心已經完全無感。當你真的對一個人絕望的時候，是連恨都沒有的，因為你會覺得連恨都是白費。

我淡淡回應，「從現在開始不是了。」

我媽慌了，「妳這什麼意思？」

「就算妳生我有恩，但後來是我養妳，替妳那個沒出息的兒子還錢，如果說我欠妳什麼，早都還完了。所以不要再來用親情來跟我討，妳的孩子只有葉如明一個，我不會再為妳付出一分一毛。」

「妳敢不養我，我就去告妳！」

「妳開心就告，但是別打安安主意，我是他的監護人，想要拿他來發大財，妳想都別想！糟蹋我還不夠，現在還想毀掉安安？在我們最需要被關懷的時候，是妳把我們趕出去的，妳好意思說妳是我媽媽？是他外婆？妳到底為我們做過什麼？有！給了我們數不盡的爛攤子。我永遠都在幫妳擦屁股，妳如果對我們還有一點點憐憫，那就拜託妳放過我、放過安安可以嗎？」

我一說完，我媽氣得又要呼我巴掌。我抓住她的手，看著她一臉想打死我的樣子，哪有一個媽媽的樣子？我甩開我媽的手，「爸爸我會照顧，妳想追求妳所謂的幸福就去，我相信爸不會攔妳。」

說完這些話的同時，我覺得自己好像活過來了。

或許我在我媽的心中，永遠都是一個不孝女，那又怎樣？我知道我可能做得不夠好，可是我已經盡力了，我沒有對不起自己。

辛苦妳了，葉如晚，撐到現在的妳，已經夠了不起了。

我的人生不該是用來陪葬，而是要用來開花的。

任憑我媽在我身後叫囂，我已經沒有任何感覺。此時此刻，不是我媽放過了我，是我放過了我自己，我媽再也傷害不到我了，因為我已經不需要證明自己來奢求她的愛。

我媽就像是一場我永遠得不到的單戀，一切到此為止。現在的我，會開始好好愛我自己。

我走回病房，安安對著我開心揮手。我堅定的走向安安，然後牽著他的手，這輩子除非他放開，不然我永遠都會帶著他。他擔心的看著我，小聲的問：「媽媽，阿嬤有欺負妳嗎？」

「沒有，沒有人可以再欺負我了。」我微笑回應他。他先是一愣，但也給了我一個微笑，和我爸說再見。去過護理站拜託護理人員多照顧我爸後，我帶著安安離開療養院，我媽也不見人影。

希望她是被我氣到離開，而不只是為了來這裡堵我，才對我爸做做樣子。這樣的話，我爸就真的太可憐了。

我帶著安安去逛動物園，不管看到什麼，他總會加一句，清嚴叔叔也說過什麼什麼，清嚴叔叔也很愛什麼什麼，清嚴叔叔如果也有看到就好了。其實我也覺得柳清嚴如果在就好了，他那雙清澈大眼，總是出現在我眼前，搞得我覺得自己好像嗑藥一樣產生幻覺，我也覺得困擾。

我繼續吞下想念。

但不知道為什麼，從我離開療養院到動物園，一路總覺得自己好像被注視著。那種感覺真的很奇怪，很像有人躲在暗處觀察著你的一切，但你想找，卻怎麼也找不到，可是那壓迫感是真真切切的。

我不太舒服，再加上安安太興奮，不斷跑跳碰，也有些累了，我們便決定離開。走到公車站時，滿身汗的安安看到前方有冰淇淋攤，開心的說：「媽媽，我想吃冰，我要清嚴叔叔喜歡的草莓口味。」我這孩子再次讓我的想念吐出來。

「一起去買。」我說。

「我腳痠，我想休息一下。」他直接坐上公車站旁的休息椅。

看他累成這樣，我只好自己去買。我點完冰，回頭就看到兩個身穿黑衣、戴口罩的男子靠近安安，像是在說什麼。我覺得很可怕，快步跑了過去，黑衣男子見我走回去，也裝沒事的離開。

我拉著安安問：「那兩個人跟你說什麼？」

「他們說我很可愛，問我叫什麼名字。」

「那你跟他們說了嗎？」我差點沒嚇死。

「當然沒有啊，妳不是教我不能隨便跟陌生人說我的名字，所以我說我叫畢書盡。」

「他誰？」

「小柚子老師說那是她男朋友，她的手機畫面也是他的照片。」

我實在很想笑，但其實笑不出來，那種被監視的感覺又回來了。兩個黑衣男子的身影又在我腦海中閒過，我連公車都等不了，乾脆帶著安安直接搭計程車回家。不安感一直在擴大，我都把安安的手抓痛了。

「媽媽，妳幹嘛緊張？」我這才放輕自己手的力道。

一下計程車，我幾乎把安安扛在肩上直衝上樓。黑衣男子快把我給嚇死，但我快把安安給嚇死，「媽媽，妳幹嘛那麼奇怪？」

我也不知道啊，突然我的手機響了。我嚇一跳，趕緊從包包裡拿出來，一看，是柳清嚴，我沒有接。再來換房間裡安安的手機響了。我衝了進去，也是柳清嚴打來的，我直接關成靜音。

然後用我的手機傳訊息給柳清嚴，告訴他，從今天開始，我們不再共餐。

我是個卒仔，只敢用這樣的方式推開他，一傳完，他的電話又來了。我狠下心沒有接，直接把手機轉成靜音，假裝沒事的要安安去洗澡。我去做晚餐，但我心神不寧，一是因為柳清嚴，二是那種奇怪的感覺。

我煮好晚餐時，門鈴聲響了。我心跳一度落拍，說沒有期待外面的人是柳清嚴是騙人的，但我也不希望是他，我很怕我拒絕不了他，然後會開始重蹈覆轍。

門鈴按得很急，我心裡很也急。剛洗好澡出來的安安很自然就直接衝去開門，我連不要都還來不及喊，門已經開了。我以為進來的人會是柳清嚴，以為他會閃著他清澈的眼睛問我，「為什麼不接電話。」

但不是，出現的是下午在公車站出現的那兩個黑衣男子。

我的心頓時緊縮，腦筋一片空白，還沒大叫出聲，安安已經反應很快的跑到我背後。此時此刻，我沒有害怕的本錢，我快速拿起流理台上的菜刀，冷冷的說：「馬上給我出去。」

「葉小姐，刀子放下，跟妳談談。」

「你覺得我會放下嗎？你把我當白痴嗎？下午那麼鬼祟，現在又莫名出現在我家，還直接走進來，你們這種不請自來的人，誰曉得你們要幹嘛？出去，有事出去談，馬上給我出去！離開我家！」我怒吼。

「我人都來了，自然得要完成該做的事。」

「什麼意思？為什麼突然接近我們？」

「我是代替他爸爸來跟妳談的。」說話的男子指著安安，接著拿出一份報告開始唸著。如晴是在哪裡生下安安的，她是什麼時候過世的，我又是怎麼收養安安的，鉅細靡遺一條一條調查得清清楚楚。

我除了傻眼，還是傻眼，我這種平凡到極緻的人，到底何德何能被這樣仔細調查？

重點是一個從未出現的人，現在突然出現要搶孩子，不是太莫名其妙了嗎？而且他是怎樣？不能走還是不能動？為什麼不自己來？叫兩個像黑道的人來跟我談？我冷冷出聲，「要談什麼，叫那個人自己來。」

我倒是很好奇這種王八蛋，到底長什麼樣子。

「這可能沒有辦法。」

「那就滾。」

「這可能也沒有辦法，好好跟我談，妳還有錢拿，如果不想談，我們就只能直接帶走小孩。」

下一秒，另一個黑衣男就衝過來搶走我手上的菜刀。我把砧板砸向他，接下來就是你追我跑，我把身旁能丟的丟向他們，拉著安安讓他進去房間，叫他把房間門反鎖。我看著那兩個黑衣男，真的有一種大不了我這條命跟他們拚了的覺悟，根本不知道爸爸是誰，就想把安安帶走，他們作夢。

這是我第一次沒有感覺到痛，無論我的頭髮怎麼被扯，我怎麼被推、被摔，我都沒有感覺，我只想守住這扇門。安安哭著在房裡喊著，「媽媽，我報警了！」

那兩名男子表情一變，和我對話的那個男子笑笑說了一句，「希望我每次來找妳，都能這麼剛好可以報警。」然後轉身離開。

見他們走人，我先去鎖住大門，要安安把門打開。見他拿著手機，哭著走出來，我驚魂未定的也抱住嚇壞了的他。兩個人之中不知道是誰在發抖，還是都在發抖，想起他們要走之前說的那句話，再加上那份過於詳細的調查報告，我和安安如此赤裸。

我覺得這間房子藏不住我們了，我現在一團混亂，早上莫名其妙的我媽想賣外孫，下午莫名其妙的黑衣男子偷偷摸摸接近小孩，莫名其妙他媽的安安爸爸出現要帶走他兒子，我是水逆逆到火星了嗎？

我沒有多餘的力氣去想，無法面對的時候，逃就對了。

我放開安安，衝回我房間，踩過那兩名黑衣男落下的調查資料。我拿出行李袋收拾家當，上次拿出這個行李袋，是兩年前我離婚的時候，現在又要走了。我不知道我要去哪裡，我只知道我暫時不能再繼續待在這裡。

此時，我又聽到門聲，嚇了一跳。幸好房客李小姐擔心的聲音接著出現，原來剛才安安不是報警，而是打給了李小姐，也還好不是黑衣人再回頭，不然我真的會衝出去，把他們從頂樓推下去。

如果我還有力氣的話。

我收拾好東西走了出去，要帶走安安，看到李小姐還帶著一個男人回來，看起來像是要回來救我們的。但其實誰也救不了我和安安，不想拉著無辜的人陪著我受苦。

她也不必擔心我和安安，事實上，她只是我的房客，解除這段關係之後，我們什麼也不是。有點後悔看她有些振作時就把提款卡還給她，後面這幾天的房租沒有扣到。但看在她這麼擔心我們的分上，夠了，真的夠了。

我要她快點離開，這裡暫時不能住人，沒等她回答，我已經帶走安安了。

然後換我去住日租型民宿。我選了最便宜的，只有一張床，連電視都沒有，接著傳了訊息給小柚子老師，說安安暫時沒有辦法去學校，然後再傳了訊息給經理，說我可能無法再繼續工作。經理告訴我，她會先幫我請假，只要事情處理好了，隨時可以回公司。

我感動得想哭。

安安躺在我旁邊，小心翼翼的問：「媽媽，我們還是不能打給清嚴叔叔對不對？」我點點頭，我今天唯一慶幸的事，就是決定先不跟柳清嚴聯絡，不然他又要被我連累了。我把手機關機，我怕看到柳清嚴打來，我會軟弱。

接下來幾天，我就這麼帶安安躲著。

我知道這對一個小孩子來說是很大的考驗，每天都待在同樣的地方，像被關了起來。這裡沒有他的樂高，只有一本哈利波特，他每天問我什麼時候可以離開，說他真的很無聊，想回學校，我只能請他忍耐。

但再怎麼貼心的孩子，還是有情緒化的時候。而我也有脾氣，我們兩個又開始針鋒相對。我試著帶他出去看我爸，卻在療養院門口看到黑衣人，我真的差點沒有嚇死，於是只能馬上折返。安安失落又難過，而且就算再便宜的民宿，也讓我最後五位數的存款很快要變成四位數，我更加害怕。

另一方面，還得應付一個耍性子不吃飯的孩子。為了討他開心，趁他午睡時，我下樓想去買多多給他喝，結果一回房間，就發現安安不見了。我真的崩潰，發抖著打開手機，都是我媽跟柳清嚴來電。柳清嚴的最後一通未接來電是昨天，那表示安安沒有去找他，因為如果去了，柳清嚴絕對會馬上跟我聯絡，不會讓我擔心。那還有誰呢？我想到了李巧漫。

我馬上打給她，而安安也真的在她那裡。我要她馬上給我地址，我過去找她。二十分鐘後，我到了她暫住的地方，一看到安安真的被他氣哭。李巧漫安慰我，但有些難過跟驚慌是無法被安慰的。

我真的以為我要失去安安了，但還好，真的還好，他沒事，他還在。我的人生真的需要很多這種還好。

我被李巧漫和她的朋友卓元方留了下來，原本每天在自家客廳撿她屍，看習慣她邋塌又有鼻涕黏在人中的樣子，第一次看到她真心笑著的模樣，我想她應該走出了那個王八蛋高樂群的陰影，迎向她身邊的這道陽光。我以為他們在一起了，但她說不是，我看到卓元方愣住。

忍不住苦笑，有力氣曖昧真好。

卓元方突然問我，「安安說有穿黑衣服的人去你們家？我還在地上撿到監護權協議書。」

我突然不知道該怎麼解釋，巧漫也沒有強迫我說，只是建議我去住她媽媽家。雖然她不知道到底是什麼狀況，如果現在台北沒辦法繼續住，至少鄉下可以躲，讓安安繼續當個孩子。

看著巧漫和卓元方這麼為我們著想的表情，我也不想造成他們的困擾。本想讓她覺得害怕打退堂鼓，所以我故意亂說一通。

我說安安是我姊的兒子，我姊夫和我姊都死了，安安其實是黑道大哥的孫子，巴拉巴拉巴拉的，現在要我再講一次，我可能又會講出另一種版本，因為我根本不知道自己在講什麼。

結果，巧漫沒有嚇到，反而是拍拍我說：「去我家吧！」

我嚇到，忍不住說出真心話，「這可能會害妳們被牽連。」

「那就牽連，怎麼了嗎？」

我看她這麼堅定的說出這句話，我真心覺得自己很對不起她。故意說得更嚴重一點，她反而還不怕，我只能謝謝她，我無法再掙扎。

於是，隔天巧漫送我和安安去車站時，我把所有的實話都向她說了，也跟她說了一句對不起，她卻笑了笑，「其實我當下也覺得妳沒有說出實話，但我想妳一定有更大的為難才會這樣。如晚，妳真的很了不起！」

我苦笑，「妳說帶著孩子逃亡的我很了不起嗎？」

「當然，我們都知道，放棄比堅持更容易，不是嗎？」

「是。」我們兩個對視笑了笑，然後我說出更難以啟齒的事，「可以麻煩妳有空去看看我爸嗎？」

「沒問題，我媽也麻煩妳和安安幫我照顧囉。」

到了車站，我和安安去坐車，和巧漫揮手道再見。但這不是分離，是我知道從這一刻起，她會是我一輩子的朋友，不管她是不是也這樣想。只要她有事需要幫忙，我葉如晚絕不會說一個不字。

才來鄉下沒幾天，安安真的變成一個孩子。他四處串門子，成了這庄頭的金孫，每個阿嬤都愛他，而巧漫媽媽是最疼安安的。

而我因為太閒了，反而更想念柳清嚴。人很奇怪，一發現自己愛上某個人，那個人就再也無法從腦海裡離開。我沒有再打開手機，偶爾會去柑仔店打公用電話給療養院，問我爸的狀況。

看安安這麼快樂，我在想是不是乾脆就在南部生活，也把爸爸轉來南部的療養院，一切重新開始？

「媽媽，我們要一直住在這裡了嗎？」

「你想嗎？」

「想啊，但是我更想清嚴叔叔。」

聽到這樣的話，我只能嘆氣，「安安，這是我們的日子，跟清嚴叔叔沒有關係，他在台北也要過他的生活啊。以後你就會知道，離開你生命的人，永遠比留在你身旁的人多。」

講完這句，我自己也很沒有志氣的哭了出來。

「媽媽，其實妳也很想清嚴叔叔對不對？」

「我沒有。」

「可是妳常常半夜睡到一半叫清嚴叔叔的名字啊。」

我嚇死，「我有嗎？」

他用力點頭，「小柚子老師說，日有所思就夜有所夢，可是她晚上都沒有夢到畢書盡，是夢到凶凶園長。」

我想笑，可是我沒有心情笑，覺得連潛意識都這麼想念柳清嚴的自己，真的好窩囊。

然後，另一個比我窩囊的李巧漫也回來取暖了。

雖然她和卓元方之間又是另一個長長的故事，可能要再花個三天三夜才有辦法說清楚。但當她說自己是逃避卓元方才回來南部時，我竟然還臉不紅氣不喘的要她爭取、要她勇敢。自己廢成這樣，還滿嘴道理。

我用著非常嚴肅的口氣對她說：「巧漫，沒有人是完美的，每個人注定在某個地方有些瑕疵，我只想勸妳，為自己爭取一次。妳不想，我也不能勉強妳。」

接著我帥氣退場。說真的，我真心覺得自己應該去從政才對，我真的是臉皮有夠厚，又好會說人話。

但至少最後，巧漫踏出了第一步，她誠實的面對自己的感情，所以她得到了幸福。

而我仍然畏縮，以努力生活為藉口，繼續麻痺我自己。

就在我去果園替巧漫媽媽送完便當，低著頭邊散步邊想念柳清嚴，緩緩走回去的途中，有個人擋在了我的前面。我向左閃，他剛好跟我同方向移動，我向右閃想讓他過，他也跟我同方向閃。我發誓、我保證，這是我活了三十七年來，史上臉最臭的一次，不爽的抬頭說：「你是故意的嗎？」

柳清嚴就這麼出現在我眼前，回答我，「對。」

我傻住了，一句話結結巴巴說不完全，「你怎麼會在這裡？」

他的清澈大眼像蒙上了一層灰霧，我看得出來，他非常克制自己的脾氣，才沒有用吼的，「葉如晚，妳整整讓我找了十四天。」

才兩個星期，為什麼我覺得好像過了兩年一樣？

沒看到他的日子，每一天都好漫長。

我看著他，很想問他找我做什麼？為什麼要找我？我們不就只是朋友？我們頂多就是共餐了一個多月的朋友，我有這麼重要嗎？讓你丟下工作，大老遠跑來這裡找我？但我沒有問。

反倒是他問我，「為什麼有事不找我？」

我看著他，嘆了口氣，「就是有事才不想找你。」

他有些失望的看著我，我迴避了他的眼神和指責，而他也沒有把他的失望說出口，只是跟我說，「我好像知道誰是安安的爸爸了。」

「什麼意思？」我錯愕的看著他。

他一臉慎重的問：「安安在哪裡？我有事要問他。」看到他這麼嚴肅，我沒有時間再去想什麼兒女私情和兒女情長，我只想知道他剛說的到底是什麼意思。「他在朋友家。」我說完，快步走回巧漫家，柳清嚴也跟在後頭。

我的腳步越走越倉皇，差點仆街。他手快，從身後撈住我。什麼偶像劇慢動作男女主角對看的場面沒有發生在我身上，我一秒揮開他的手，他的溫度隔著T恤布料傳來，太驚人、太曖昧。

我繼續往前走，即便我沒有回頭，都能感受他注視我的眼神裡，有著三個字，叫「瘋女人」。

瘋女人到底是哪根筋不正常？

我知道他滿肚子的疑問，可是他不會知道答案。一路上我們都沒有說話，只聽到我的腳步聲和他的腳步聲。才剛到門口，在庭院玩的安安一看到柳清嚴就衝了過來，緊緊抱住他，好像他們才是失散多年的父子一樣。

「清嚴叔叔，我好想你。」

「我也是。」柳清嚴說完後，抬頭看著我。

我莫名，看我幹嘛？

等待他們久別重逢擁抱完之後，柳清嚴拉著安安問：「叔叔問你，上次你去哪裡找爸爸？」

「他的公司啊。」安安一說完，我整個人差點腿軟，我以為他只是出去到處亂晃，最後才坐計程車回來的，他怎麼可能知道他爸爸是誰？

然後柳清嚴從他的背包裡，拿出安安被我沒收的收銀台錢包。我更加錯愕，下一秒就看到他從錢包裡頭拿出一張好像是從海報剪下來的地址，「你是不是去這裡？」

「對啊。」

我整個人像被點穴了一樣，完全動彈不得，才想問這到底是怎麼一回事，柳清嚴走到我面前，拿出另外一張海報。他是怎樣？哪來的魔術師，包包裡到底有幾百樣道具，我都快喘不過氣來了，他到底還要怎樣？

我傻眼的看著他把海報完整打開，然後拿著安安那張地址放到旁邊，比對給我看，完全一模一樣。我心裡重重一擊。柳清嚴看著我，「這是蔡姊經紀公司的地址。然後，這張海報上頭的人是……阿健，楊健。」

所以，安安的爸爸是楊健？

我的腦子裡還在大喊「怎麼可能」的時候，安安走了過來，激動的指著復出見面會海報上頭的人說：「是爸爸！媽媽，他就是爸爸！」

我聲音顫抖的問著安安，「你怎麼知道？」

他笑笑的回應我，「我看過照片啊。」

自己不知道的事，別人都知道。

第九章

翻轉再反轉的虛無人生

我端著熱茶的手都在抖。

從台北帶來的行李，除了衣服，還有一張一直放在如晴房間，我們兩人都還青春時的合照相框，如晴離家出走時它還在，如晴回來，生完安安的時候也還在同樣的位置。我離婚回家求助，我媽卻不願意我住家裡的那天，我只好收光在那個家所有的一切，包括那張合照。

那是我和如晴唯一的紀念。

只是我沒有想到，相框裡頭還藏著一張照片，是楊健和如晴兩人相視相擁的合照。看得出來他們很相愛，而那張海報上面也有楊健的照片。雖然他成熟了不少，但模樣幾乎沒有什麼改變，就是多了點鬍子而已。

柳清嚴說海報是最近才貼在各大便利商店，安安附和著，還一臉很得意的說，他錢包裡那張住址，就是偷撕我們常去的那間便利商店的，而且他一看就認出那個可能就是爸爸。

柳清嚴忙問著，「安安，那你去那裡有碰到誰嗎？」

「一個凶凶阿姨，有菸味，我說我要找爸爸，她說我找錯了，她還問我媽媽是誰，我說葉如晚，凶凶阿姨就趕我走。清嚴叔叔，那個人是爸爸對吧？」

「我覺得是的機率很大。」

我放下熱茶，「一張照片能證明什麼？是，楊健可能和如晴在一起過，但不代表他一定就是啊！」

下一秒，柳清嚴就拉過安安，把他手上的銀牌手鍊再次翻開，然後對我說，「妳仔細看。」然後我仔細看，還是一樣就那八個字，「兒葉翔安，母葉如晴。」到底還有什麼？

我一臉無措的看著他，他再次指了指上頭，「除了字以外，妳有看到底下刻的線條嗎？」

「線條？不就是戴久了，產生的刮痕嗎？」

「不是，那跟字一樣，都是刻上去的，是阿健的簽名。」

我不能理解的看著柳清嚴，他再指著海報上印的，前五十名入場能獲得楊健簽名照一張，旁邊就有楊健的簽名。我仔細一看，真的瞬間起了雞皮疙瘩，銀牌的上的線條不是什麼刮痕，真的是刻出來的楊健簽名字跡。

原來，如晴留了好多線索，可是我都不知道，只知道要賺錢。我連安安的臉都不敢看得太仔細，又怎麼可能看安安手上的銀牌手鍊，重點還是背面！

柳清嚴見我打不起精神，拉拉我說：「妳聽我說，那天看到銀牌的時候，我只覺得熟悉，沒有多想，後來越來越覺得不對，那線條的樣子，分明就是在哪裡看過，結果我去買東西看到海報，才發現那是阿健的簽名，沒有改過！我一直想跟妳聯絡，但妳不接電話，也不回我電話，我以為是妳發現了，因為太氣阿健，所以也不想理我，我只好忍下來，我可以等到妳不生氣的那一天。結果外送到妳家附近，看到安安的樂高恐龍被工人搬了下來丟到路邊，我才知道你們突然消失了。房東氣得把你們的東西全丟出來，鄰居又說你們跑掉那天，還在樓上跟人吵架，吵得很兇。所以，妳應該是為了別的事才走得那麼急，對不對？」

說到這個，我精神就來了，我甩開柳清嚴的手，「如果楊健真的是安安爸爸，那我和安安會被逼到無路可走也是他害的！」

「什麼意思？」柳清嚴不解的問。

「有兩個黑衣男莫名其妙跟了我們一整天，在公車站對安安不懷好意，甚至登門想搶走安安，他們就是楊健叫來的。他們什麼都不解釋，只想要搶小孩，還說這次沒搶成，還有下次。這真的是爸爸該做的事嗎？安安都快嚇死了，真的要孩子不會自己來找我說嗎？」我越說就越氣，我這段日子到底都在幹嘛？

「不可能，阿健不是那種人。」

「所以你覺得是我說謊嗎？」我不平的看著他。

「不是，是我昨天打給阿健，問他這件事，他一聽到如晴得名字才反應過來，又怎麼可能叫人來搶安安？阿健是個非常黑白分明又重感情的人，他絕對不可能這麼做！」

我看著他，他看著我，我知道我們各有立場，但我們沒有勉強對方附和，因為我們都不知道會不會有第三種可能。

「跟我回台北。」他說：「阿健昨天就從美國趕回來了，晚上的班機到，現在最快的方式，就是當面說清楚。」

我頓時混亂了。我看了安安一眼，他興奮的看著我說：「媽媽，所以我能見到爸爸了嗎？」

「我不知道。」我不知道那個人會不會真的是安安爸爸。如果不是，安安現在這張期待的小臉，會變得多失望？但如果楊健是安安爸爸，他會不會就這麼帶走安安？想到這裡，我突然覺得難以呼吸。

我好像正在失去我最重要的東西。

「這是早晚都要面對的事情。」柳清嚴提醒我。

我當然知道，但知道要面對，跟真正要面對是兩回事。而我似乎沒有別的選擇，因為我要工作，安安也要上學，要是不弄清楚到底是怎麼一回事，我和安安就沒辦法好好生活，怎麼躲也躲不了一輩子。

於是我點點頭，帶著安安去果園跟巧漫媽媽道別。雖然才住了幾天，但這位長輩是真心接納我們的，她一天對我噓寒問暖的次數，比我媽一年還多。而且不是那種客氣的場面話，是會看著妳的眼睛，好好的跟妳說，是會牽著妳的手，給妳溫暖的那一種。

「好，去弄清楚也好。」巧漫媽媽拍拍我的手說。

「謝謝妳的照顧。」

「多謝妳跟安安陪我才對，隨時回來，這也是妳的厝啊。」

「好。」我用著我的破台語回答她，忍不住抱了抱巧漫媽媽，謝謝她讓我在流離失所時得到一點點安定。

安安也撒嬌的抱住巧漫媽媽，捨不得的喊著，「奶奶，妳工作要記得戴手套，我會叫姨檢查妳的手喔，不要讓我擔心好不好？」

巧漫媽媽笑了笑，也抱著安安，「好，阿嬤答應你。」

我覺得再待一秒鐘，我可能就會哭出來，於是加快道別的速度，趕緊來到車站搭車，打了通電話給巧漫，跟她說明了一下狀況。

她著急的說：「要不要我和元方一起陪妳去？」

「不用了啦，妳忙，有需要一定會跟妳說。」

「那保持聯絡，千萬小心。」這句話說完，巧漫又叮嚀了八百萬次，才肯掛掉電話。雖然嘴裡唸她煩，心裡卻很喜歡這種被狠狠關心的感覺。我收起電話，抬頭就看到柳清嚴一直看著我。

我突然有些無措，想接過一上車就趴在他身上睡著的安安，但他堅持不用，「他有重量了，這樣壓著，妳會不舒服。」

可是你也會。

但我沒有說，只是轉頭看向窗外，努力保持各種平靜，柳清嚴卻繼續說：「妳們的東西都在我家。」

我無法再保持平靜，轉頭看他，「為什麼？」

「房東不讓你們住了，要把東西全部都丟掉，我只能帶回去。」

「哪有不讓住這件事？我和房東還有合約在，下個月才到期。」

「但妳偷偷出租房間當二房東的事，被他發現了。他不會照合約上寫的向妳求償，可是就是不讓妳再繼續住了。」

好吧，是我錯在先，沒有資格大呼小叫。

「妳和安安可以先住我那裡。」

我秒回，「不用了，不方便。」接著看到柳清嚴眼神裡閃過一絲失落的樣子。我很想問他為什麼要落寞，但我沒有問，繼續看著窗外，最後我就睡著了。直到我醒來，才發現我一路都靠著他睡。

他的牛仔襯衫上，似乎還有我留下的口水印。

尷尬得要死，連要不要幫忙擦掉都尷尬。但他好像不在意，抱著還在睡的安安，下車就一直走，我也跟著一直走。然後他攔了計程車，我都還沒有反應過來，他已經坐了上去，說了他家地址。

「我和安安可以先住飯店。」我堅持。

他說：「我和阿健約在我家，他已經到了。」

於是，我再繼續看向窗外，約莫二十分鐘後，我們再次下了車。柳清嚴這才叫醒安安，安安從他的身上下來，看了我一眼後，走過來牽著我的手。我似乎也能從他的小手感受到些微緊張。

不是只有我，大家都是。

柳清嚴按了門鈴，來開門的人是楊健，他就像海報裡的那樣，不，似乎比海報裡的樣子更好看。他看著我和安安的眼神非常激動，我看到他的嘴角在微微發抖。柳清嚴安撫的拍拍我的背，我才緩緩帶著安安走進去。

氣氛很怪。

柳清嚴率先開了口，「阿健，這位就是我昨天在電話裡說過的，如晴的姊姊如晚，這個小朋友就是安安。」

楊健的眼眶瞬間蓄滿了淚，伸出手想碰安安，反倒是安安退了一步。我站到安安前面，直接問楊健，「你和如晴是什麼關係？」

他收拾情緒，大言不慚的說：「私定終身的關係。」

然後我給了他一巴掌。我以為柳清嚴會過來擋，但他沒有。我氣到發抖，「你隨便跟別人家的女兒私定終身，有告知過我們半句嗎？她離家出走的日子，都是跟你在一起嗎？」

他點點頭，我更是火，「你難道不知道我們家人會擔心嗎？」

「對不起。」他誠誠懇懇的說，然後也很誠實，「那時候根本沒有想那麼多，對我和如晴來說，相愛才是最重要的。我們的眼裡就只有彼此，她快樂，我就快樂，我們只想在一起。」

「那她為什麼會回來？」

我好像問到了一個也困住楊健好久的問題，他非常痛苦的看著我，「她說她不愛我，跟我在一起太累了。」

「你是白痴嗎？她不愛你的話，會為了你離家出走這麼多年？」有事嗎？到底在搞什麼鬼？

「但她就是堅決不回來我身邊，我還能怎麼樣？逼她永遠不能走嗎？我不是沒有繼續等她回頭，但我等到的卻是她死了的消息，我最後連等她的機會都有沒有！一直到現在，我都還在想她為什麼會不愛我了？」楊健絕望的看著我。

我還想再說什麼，柳清嚴開口了，「如晴過世後，阿健的打擊很大，最後他連戲也沒演了，自己離開台灣。」

「以安安出生的時間推算起來，如晴離開我正好是她懷孕三個月的時候，所以我可以確定安安就是我的兒子，他就是我的兒子。」楊健看著安安掉下了眼淚，「我以為她連一句話都沒有留給我，沒想到她給了我這麼多。」

安安突然走向楊健，楊健有些緊張的蹲了下來，以為安安要對他說什麼，但安安伸出他的小手，幫楊健擦掉眼淚，「你不可以哭啊，有兒子不是要開心嗎？你哭了誰保護我和媽媽？」

楊健激動的抱住安安，「對不起，對不起！我不知道有你的存在，我什麼都不知道。如果我知道這世界上還有你，我不會醉生夢死那麼多年，我會好好學著怎麼當一個爸爸，好好照顧你。」

安安拍了拍楊健的背，「沒關係，你還有機會。」楊健更是緊抱住安安，摸著他小手上的銀牌手鍊，哭得連鼻涕都出來了。

看到安安有了爸爸，我不是沒有感動，也不是不為他開心，但心裡有更大的失落感。我知道，我沒資格再擁有這個孩子了。柳清嚴似乎感受到我心裡巨大的黑洞，走了過來，拍拍我，用他那雙清澈大眼安慰我。

我有些被安慰到了，但不能再這樣下去。我走向楊健，問了我最想問的事，「所以那兩個黑衣人，跟你一點關係也沒有？」

他站起身來，一臉疑惑，「什麼黑衣人？」

柳清嚴快速的解釋了一下我和安安最近發生的事，楊健越聽表情越難看，不敢置信的說，「有人冒充我，要搶走安安？」

「對，就是他們逼得我連台北都住不下去。」我一說完，楊健就看看我，又看看安安，然後，陷入長長的思索。

我忍不住看向柳清嚴，現在是？

柳清嚴則搖搖頭，示意我先冷靜。

楊健突然抬頭，問我，「妳覺得如晴愛我嗎？」

「你知道如晴因為堅持要生下安安，和我冷戰了很久嗎？如果她不愛你，為什麼要冒那麼大的險？為什麼要那麼執著？我不知道你們之間的感情出了什麼問題，才會有今天這麼大的遺憾。但我要跟你說，如晴說不愛你才跟你分手，這件事對我來說，只是她想逼自己離開你的一個理由，你想想那時候是不是曾經對她施暴，還是跟別的女人亂來。」

年輕人真的不要在那裡亂私定終身，以為終身有這麼容易嗎？

楊健突然好像醒了過來一樣，有些沉重的說：「我可能知道是誰了。」我和柳清嚴同時異口同聲，「誰？」他沒有說什麼，只是抱起安安就往門外去，我和柳清嚴也只好跟上。

我不知道要去哪裡，但當我下車時，安安指著門口說：「這是爸爸的公司。」我仍在狀況外，可是柳清嚴和楊健兩人對視的眼神，好像連柳清嚴也知道是怎麼回事。我是不是在哪個環節錯過了什麼？

我來不及問，他們已經快步走進去，裡頭員工看到楊健，都發出驚呼，一臉崇拜的樣子。他是有這麼紅嗎？但這不重要，因為他已經打開辦公室的門，坐在裡頭的蔡姊看到楊健，本來還開心的站起身熱情招呼。但看見我和安安跟進來，表情閃過一絲不對勁。

安安有些懼怕的躲到我身後說：「是凶凶阿姨。」

我和柳清嚴對看了一眼，頓時我好像也知道了什麼。

在楊健開口前，我狠狠的冷哼一聲。全部的人都看向我，我直接伸手摀住安安的耳朵，把累積的不爽化為力量的對蔡姊說：「這是他媽的什麼老梗情節？不要告訴我他媽的妳一知道安安是楊健的兒子，擔心他們父子相認，他媽的會影響楊健人氣，所以他媽的找人來抓安安是嗎？幹你娘！」

我氣到全身發抖，我根本不在乎柳清嚴和楊健聽到我罵出髒話有多麼驚訝，但我發誓，如果我手上有槍，我真他媽的會直接給這個女人一槍。活在這世界上，要當個凶手一點都不難。

柳清嚴很快就回了神，「蔡姊，如晚說的，也是我和阿健猜的，妳真的這麼做嗎？」

蔡姊一臉慌張的喊冤，「怎麼可能是我，我根本不知道狀況啊。那天這個弟弟是有來，也一直指著海報說要找楊健，說是他爸爸。但妳知道過去有多少女人自己找來公司，都說他們是楊健的女朋友和太太？這種事我太常遇到了，我怎麼可能當真？」

她又一臉震驚的看著安安和楊健，「但是阿健，這個真的是你兒子嗎？」

「是，是我和如晴的兒子，妳一向最反對的如晴。」

我再次摀住安安的耳朵，火大的對姓蔡的女人說：「妳憑什麼反對我妹啊，妳什麼東西？他媽的妳哪根大蔥啊？我們如晴輪得到妳來反對嗎？」

「原來妳是如晴的姊姊，這真的是誤會，我沒有反對如晴，那時候阿健正是衝事業的時候，眼前有大好機會，不管是誰跟阿健談戀愛，公司都是不贊成的。但我還是睜一隻眼閉一隻眼啊，不然如晴怎麼能偷偷跟阿健住在一起那麼久？」

楊健又補了一句，「但在妳要我去美國發展時，如晴就說要跟我分手，這時間點會不會太巧妙了。」

「妳是不是跟如晴說了什麼？」我冷冷的問。

「我沒有！我真的沒有！你們這樣突然來我辦公室，說了一堆我都沒有做的事，然後要我承認，不覺得這樣對我很不公平嗎？阿健，你回來也沒有先跟我說一聲就在外面亂跑，被媒體拍到了怎麼辦？這樣到見面會前的神祕感就不見了！我是覺得你先別急著認兒子，至少先驗個DNA，確定之後，我們再來討論怎麼處理……」

「不需要，他就是我兒子，我相信如晴。」

「但是……」

看到蔡姊一副好像安安是個麻煩的表情，我就又忍不住伸手要摀住安安的耳朵。但見蔡姊眼神閃爍了一下，下一秒安安就指著落地窗外頭，大聲喊，「媽媽！是壞叔叔！」

我們全部同時看向外面，就見那兩個黑衣人本來像是要來找蔡姊，看到我們都在場馬上又轉身想溜的樣子。我都還沒有回過神，柳清嚴和楊健已經衝了出去，和黑衣男追逐著。辦公室的員工完全搞不清楚狀況，我雖然急，但不得不說，這根本就是在看電影啊！

兩個很帥的男主角，一起對付壞人。

看到他們撲向黑衣男扭打了起來，辦公室裡的女員工放聲尖叫。不知道是因為太害怕，還是跟我一樣覺得他們很帥，總之，他們贏了。

黑衣男一被抓回辦公室，我也是直接踹了他們兩腳，「他媽的！」一罵完，我著急的轉頭看安安，就看到柳清嚴已經識相的幫我摀住他的耳朵。

楊健非常失望的對蔡姊說：「其實妳不用再解釋什麼了，要我再相信妳，是不可能的。本來說好等復出見面會回來時再簽的經紀約，現在也不用簽了。我很感激妳把我從一個沒沒無名的新人拉拔到現在，所以妳對如晴做了什麼或是說了什麼，我也不會怪妳。是我對如晴和我之間的感情不夠堅定，才會真的放手讓她走，那是我的錯，是我自己造成的。但是，我不能容許妳欺負我的兒子，從今以後，楊健和妳沒有任何關係。」

蔡姊一聽，著急的求著楊健，「好好好，是我不對！是我太急了，沒有處理好事情。我們都認識這麼久了，你這樣說走就走，公司怎麼辦？你如果不留在公司，公司真的會倒。我拜託你好不好，不然我向葉小姐道歉，跟她下跪……」

蔡姊還真的想跪。我拉了柳清嚴擋到我面前，「妳去跪如晴啊，跪我幹嘛？妳傷害她，又想傷她兒子，我問妳，如果妳真的抓走了安安，妳想對他幹嘛？把他藏起來，等到楊健不紅的時候才放出來嗎？」

蔡姊臉上閃過一絲心虛，我真的火到大罵，「妳是不是人啊！」

楊健上前，神情嚴肅的說了一句，「公司不是我的責任，是妳的！從現在開始安安才是我的責任。」他說完，帶著安安走人。我本來覺得該報警，向她究責，但想想除非出現奇蹟，不然她公司很快就要倒了。想到這也是一種懲罰，我才甘願離開。

我走出辦公室，聽著蔡姊在裡頭發洩崩潰的聲音，我覺得非常欣慰，心裡那塊大石頭也落了下來，沒有人會再追趕我和安安，我可以好好活下來，可以光明正大的去工作，去看我爸。

逃亡了兩星期，我覺得像兩世紀這麼久。

一離開經紀公司，楊健轉過頭來看著我，「我可以見見如晴嗎？」

「你是該見她，去把話跟她說清楚。」楊健和如晴的愛情，只有他們知道錯在哪裡，而真正遺憾的又是什麼。

於是我們一起去祭拜了如晴。楊健一看到如晴的照片就哭了出來，我覺得我再待下去可能也會哭，所以和柳清嚴離開走到外頭去，讓他們一家子在分別六年多後團圓。

我和柳清嚴站在迎風處，折騰了一天，太陽都不見了，吹過來的風，讓我覺得有些冷。他脫下衣服要披到我身上，我閃開，對他說：「我不冷。」

他點點頭，再把衣服穿回去，問我，「接下來打算怎麼辦？」

我瞪大眼睛，「我們嗎？什麼怎麼辦？」

他突然笑了出來，「我是說安安和妳。」

我的心情頓時從驚訝轉為沉重，「我不知道。」

「捨不得對嗎？」

「廢話。」

「放心，阿健絕對會是好爸爸的。」

「所以我不是好媽媽？」

「我沒有這個意思，妳不要太過敏感。」

「我為什麼不能敏感？從他一歲多我就照顧他到現在。即便我曾經有動過養他很累，不想養他的念頭，但安安還是叫我媽媽，我無論再累、再辛苦還是把他帶在身邊，再累也願意付出的。就是家人不是嗎？現在爸爸出現了，我拿什麼跟他爭？我沒有錢，也沒有房子，安安跟著我就是這麼辛苦，可是楊健可以給他過安定的生活，可以帶著安安遠離葉家的生活，甚至改名叫楊翔安。我這個他喊了幾年的媽媽，根本什麼都不是。」

我知道這些話聽起來很負氣，但這對我說來，就是血淋淋的現實。比起跟我，安安跟著楊健，絕對會過得更幸福。

「妳可以爭取。」

「可是我沒臉爭取，我也沒有勇氣爭取。」如果安安跟了我卻過得不好，那我真的會愧疚得想死，「如果我樂透中一億的話，誰也不能搶走安安，我拿錢就砸死他們了。」

「阿健會幫忙，妳的壓力就不會那麼大了。」

是啊，楊健出錢，我出力，當然也是個好辦法。但這樣對楊健公平嗎？對安安又公平嗎？剝奪他們相處時光的我，就真的可以感到幸福嗎？

我知道不是，我的幸福到目前為止，還是建立在別人的幸福上。

我希望我愛的人都能幸福，這樣我才會幸福。看著柳清嚴很努力的在為我想辦法，我不是沒有感動，只是我不想決定別人的人生，「讓安安自己決定吧，他想跟誰生活就跟誰生活，只要他開心就好。」

柳清嚴還想說些什麼的時候，楊健帶著安安出來了，他的眼睛腫得像被車子壓過，鼻頭紅得像剛熟成的紅蘋果，到底是哭了多久？

「說完了？」我問。

楊健搖搖頭，「說不完，但我已經找到如晴了，從現在開始，我會好好的跟如晴說。以後不管發生什麼事，我都要跟她說。」

我微笑點點頭，然後場面陷入尷尬，我和楊健對看著，不知道誰可以帶走安安。

幸好柳清嚴先開口了，「我剛才幫你們在我家附近飯店訂了兩間房，先去飯店再說吧。」

「嗯。」我和楊健同時鬆了口氣。

但在到達飯店要回房間時，我又和楊健對看了一眼。我不敢去拉安安，他也不好意思抱安安，幸好是安安主動過來拉著我。我開心得差點跳起來，可是看到楊健失落不已的樣子，我真的不好意思太得意忘形。

和柳清嚴跟楊健說了晚安，我和安安回到房間，叮嚀他洗澡，然後幫他叫了客房服務，點一份兒童餐給他。陪他吃完飯，趕他去睡覺，就像過去的每一天，等他爬上床了，我才去洗澡。

洗完澡，我小心爬上床，傳了訊息給 Amy 經理，表示如果公司還有缺人，我可以再回去上班。一傳出去，忍不住開始緊張，幸好很快就收到回覆。經理跟我說，隨時歡迎我回去上班。

我又是開心得差點尖叫。翻過身想看安安有沒有蓋好被子，結果就看到他瞪大眼睛看著我，這次我真的尖叫，想嚇死人真的不是這樣。

「你幹嘛不睡覺？」

「我睡不著。」他一臉哀怨的說。

「為什麼？」

安安往我這裡靠，一臉小心又擔心的說：「我做了一個決定，但妳可能會傷心。」

我心裡一凜，似乎猜到他要跟我說什麼，「你決定跟你爸爸住對嗎？」

「妳是不是會傷心？」

「嗯，有一點。」我很誠實的說。

「可是媽媽，我是為妳好。」

「什麼意思？」

「我覺得妳該去找一個男朋友。」

「什麼時候輪到你來為我的感情操心？」

「我們班劉信宏的媽媽又結婚了。她一直換男朋友，可是妳都沒有，這樣對妳不公平。」我忍不住失笑，這到底是什麼比喻？

「人家交男朋友是人家的事，跟我有什麼關係？」

「有啊，妳如果一直養我，就沒有時間交男朋友。」

「但我想養你，不想交男朋友啊。」

「可是我希望有人陪你啊，不然以後我長大結婚，我就沒有時間照顧妳，妳還是要有老公啊。我想要妳嫁給清嚴叔叔。」我嚇得急忙摀住他的嘴。

「清嚴叔叔有老婆了。」人家還沒有離婚。

「可是他有跟沒有一樣啊。」

我真的忍不住重重嘆了口氣，「安安，這些話不准你在清嚴叔叔面前說，知道嗎？我們也不能亂批評別人。大人的世界是很複雜的，以後你就知道了。你現在該做的就是好好當一個小孩，快快樂樂長大。」

「媽媽也要快樂啊，所以我不要讓妳養了，我給爸爸養，我是他兒子，他要照顧我啊。妳幫他養我很久了，已經太辛苦，還要養阿公阿嬤跟舅舅，我不想要妳太累。」

我的心還沒有融化，眼睛先融化了。我流著眼淚，抱住安安，「跟媽媽生活，你也累了對不對？」

他在我懷裡搖頭，「跟媽媽在一起，我很幸福。媽媽給了我很多幸福，現在我也想要給妳幸福。」

「你真的捨得丟下媽媽？」

「我沒有丟下啊，我只是離開媽媽一下子，不管我以後跟爸爸去哪裡，我都會回來找妳，因為妳是我永遠的媽媽。」

安安越說越哽咽，但我早已經哭到不行，「你也是我永遠的兒子啊。」

安安又哭又笑的放開我說：「媽媽，我現在是妳的兒子了嗎？不是孩子了？」他話一說完，我真的是自責到想死，他根本神童啊，連我從來沒有對人介紹過他是我的兒子，而是孩子，這個都能察覺到？

「對不起。」我哭著道歉。

安安伸出他的手摟住我的脖子，撒嬌的抱著我，「沒關係，我現在是兒子就好了。」

我緊緊的抱住安安，抱住他，也像在抱住那個曾經對這個孩子愧疚的自己。謝謝他沒有怪我，謝謝他還是這麼愛我。這是第一次，我在心裡謝謝如晴將安安帶給我，他讓我知道，母親只是一個身分，而願意成為一個好媽媽，才是一份責任。

很現實的是，這份重責大任，我媽似乎沒有擔起。

隔天，我做好心理準備，把安安帶到楊健面前，就把安安丟給他了，就像如晴當初把安安交代給我的時候一樣。那時的我很措手不及，但眼前的楊健卻是受寵若驚看著我，「妳真的願意無條件把安安交給我？」

「我什麼時候跟你說無條件了？唯一的條件就是好好對待你兒子。如果沒有，你再看我怎麼收拾你！」我再說一次，當凶手真的不難。

「我當然會對他好，只是妳呢？」

「上班啊，工作啊，賺錢啊，不然呢？」

我一說完，楊健馬上開了張支票給我。我不能理解的看著上面的金額，「給我這麼多錢是什麼意思？」

「妳帶著安安辛苦這麼多年，付出這麼多，這是我該補償妳的。況且，如晴之前一直跟我說，全家人裡頭，她最想照顧的就是妳，因為妳是為家裡付出最多，也最辛苦的姊姊，我也願意為如晴盡點心力。」

其實我很感動，但我還是撕掉了那張支票，楊健一臉快嚇死的樣子。我笑笑的說：「心意我收下了，但錢我不會收，我照顧安安是因為他是我的兒子，我是他媽媽。如果我今天收下這張支票，我就從媽媽變成保母了。」

「對不起。」他正色道歉。

「希望我不會再從你嘴裡聽到任何一句對不起。如果你知道安安跟著我受了很多苦，那你就好好彌補他，監護權那些有的沒的手續，之後有時間再去辦，我要走了。」我說完，楊健點了點頭，眼神裡頭仍是各種感謝。

我上前再次擁抱了我的兒子，想說的話都放在擁抱裡了。安安拍拍我的背說：「媽媽，放心，我會乖。」我微笑的摸摸他的頭，然後強迫自己放手。

轉身要走的時候，楊健問我，「聽阿嚴說妳現在沒有地方可以去，需不需要我先幫妳找個地方住？妳繼續住飯店也沒有問題，費用我可以負擔。」

「誰說我沒有地方去？」接著，我對安安努力揚起我的笑容，揮揮手道再見。我希望至少在他離開我的這一天，不是看到我的臭臉。但當我看到他的眼角有淚水，我立刻轉身壓抑情緒，假裝很瀟灑的離開。

然後我攔了計程車，去卓元方的咖啡店找巧漫大哭特哭。

「我是不是很沒用？之前還覺得安安很煩，現在想到他從今天以後不會再煩我，不會惹我生氣，不會跟我頂嘴，我覺得我的心好像空了一塊，我是不是犯賤？我是不是勞碌命？一天沒累死就好像會死一樣，怎麼辦？我已經開始想我的安安了。」我哭著再乾掉一杯紅酒。

卓元方忍不住說：「妳到底多渴？」一說完就被巧漫白眼，活該。

「如晚，妳要不要先去住我家？」巧漫對我說，然後卓元方熱情附和著，「很可以啊！反正巧漫最近都住我那裡，房子沒人住空著也可惜，妳剛好可以住。」

巧漫沒好氣的打了他一下，「你再大聲一點啊！我看你乾脆去店外貼公告說我跟你同居算了。」

「這樣也很可以啊。」卓元方開心死了。

「白痴。」我受不了的再喝掉一杯紅酒起身，頓時醉意從胃衝到腦子裡，我覺得想吐，又好暈。

巧漫忙扶住我，「妳幹嘛啊？要去廁所嗎？」

「我要走了，我失婚婦女就算了，連兒子都沒有了，還要看你們在這裡放閃，你們到底有多想看我活不下去？」

「妳不是還有柳清嚴？」卓元方突然這麼說。我真的衝過去揪住他的領子，又是一陣想吐，「你怎麼認識他的？」

「我陪巧漫去晚晚安收行李的時候，遇到他在那裡撿東西啊！你們不是在一起嗎？不然他幹嘛幫妳收東西？還一直跟房東道歉耶。」卓元方又補了這一句，瞬間我又是大哭。

我哭到抽噎，哭到不能自己，巧漫和卓元方兩人在我眼前手足無措，我也只是一直哭，然後轉身走了出去。聽到巧漫想跟上來的腳步聲，我趕緊開口，「不要跟過來，我要靜一靜。」

我真的需要靜一靜。但為什麼我一走出店門口，柳清嚴就站在我的面前？我看到他，更是猛掉淚，「你幹嘛幫我收東西？你幹嘛幫我道歉？你是不知道我很喜歡你嗎？你一直這樣，是要我更喜歡你嗎？為什麼又要來找我？」

他拿下安全帽，然後一臉錯愕的說：「我只是剛好來外送。」

我此時此刻，心裡只有三個字。

他媽的。

——

多希望現在有道雷劈向我。

第十章

有一種寂寞是你忘了怎麼愛我

我呆站在原地，不知道祈雨舞該怎麼跳，我和柳清嚴就連對看一秒，也像一世紀一樣久，他表情還是很錯愕，嘴巴開開，說有多醜就有多醜，但我還是目不轉睛的看著他。

直到卓元方店裡的員工衝出來，完全不知道我現在有多水深火熱，開心的對柳清嚴說：「謝謝，辛苦了。」

柳清嚴這才回神，把手裡的東西遞出去，微笑有禮的對店員說：「這是您點的鹽水雞，已經線上付完款了。」

「感謝。」店員一臉心滿意足，轉身要走。

那我呢？我該怎麼辦？

柳清嚴走向我，似乎想要開口。可是我真的很怕聽到答案，不管是什麼答案我都怕。我不知道怎麼辦才好，只好拉住要進去的店員。店員嚇了一跳看著我，我也不知道要跟店員說什麼，就只能把無辜的他拖下水。

「卓元方店裡不是有員工餐嗎？你還點什麼外送？還點鹽水雞？為什麼不點鹽酥雞？你知道鹽酥雞的心情嗎？」頓時眾人都傻眼的看著我。我知道我很令人傻眼，但是我醉了，我全身發燙，我腦子裡裝的都是酒精。

我只想轉移話題，但我好像做錯了。

我放開好像快哭了的店員，他嚇得轉身就跑。此時店外又只剩下我跟柳清嚴，我看了他一眼，覺得逃才是我該做的事。於是我邁開腳步要跑，結果馬上右腳打左腳，他手長腳長了不起，一下就撈住了我。

他的臉就在我眼前，我差點無法呼吸。在我還沒有推開他之前，是他推開了我，還說了一句，「對不起。」

他是有什麼好對不起我的？我都自身難保了，他也有他的問題，就因為我喝了酒，胡言亂語，害他現在尷尬得要死。我才該說對不起，是我把我的問題，又變成了我們兩個人的問題，我再一次印證了徐柏傑說的那句，禍害。

我也不想要什麼事都怪我自己。

但老天爺就是會給你各種打擊，你覺得自己好像要走向康莊大道時，就在那條路上撒滿刀片和圖釘。你只能怪你自己為什麼要得意忘形？為什麼又選錯了路？

我冷冷的看了眼柳清嚴後說：「早在我叫你離我遠一點的時候不走，現在害我變成這個樣子，你是真的很對不起我。」

被人討厭是我的強項，我最會了。

所以我媽把我當工具人，我哥也沒少把我當成提款機，徐柏傑都跟我離婚了也這麼恨我。這如果不是很討厭我，怎麼會這樣對我。

柳清嚴還想說什麼的時候，我補了一句，「放在你家的東西，都丟了吧，我都不要了！」

說完，我轉身離開，努力讓還在暈的自己腳步放穩，看起來才不會那麼丟臉。但重點是，當計程車司機問我要去哪裡，我居然不知道我能去哪。這個地方，沒有一處是我的家，再次慶幸，安安現在不在我身旁。

突然我的手機傳來訊息鈴聲，是巧漫。

她給了我她家的地址和大門的密碼，要我去住她家，不管多久都可以。

眼下存摺裡剩不到一萬塊的我，自尊只能隨風飛，骨氣也忘了怎麼寫。我決定先去巧漫家住，然後好好工作，重新過日子。雖然我不知道我到底還要重新開始幾次。重新開始，真的沒有想像的那麼容易，那就表示，妳得放下某些東西。

一到巧漫家，我就傳了訊息給 Amy 經理，說我明天會準時去上班，她馬上回傳「好」。我真心感激，決定明天要帶杯咖啡給她，表達我深深的謝意。

我逃避著不去想柳清嚴，努力假裝我不知道這個人，然後躺在床上數羊，我只記得自己數到六千多隻時，我就失去意識了。早上手機鬧鐘叫醒了我，我坐起身來，努力假裝昨天沒有醉後告白，下床去梳洗。

本想跟巧漫借套衣服，但後來作罷。何必假裝亮麗？我就是沒錢，我就是僅有身上的這套衣服，可是我會努力認真，就像過去一樣。不過，我拿起 Amy 經理送我的幸運口紅搽上，告訴自己，要在一年內做出成績，然後成為一個像她這麼成功的女人。

於是我買了杯咖啡，重新回到公司。

四胞胎和雅惠姊一看到我，就滿臉驚訝的說：「妳怎麼來了？」

「經理說我隨時可以回來上班。」

四胞胎的名字我又忘了，其中一個說：「也太爽了吧，一個新人那麼久沒有來公司，經理還願意讓妳回來？妳真的不是經理的親戚嗎？」

另外一個又說：「就是啊，妳嘴上搽的這個唇色，不就是經理送妳的嗎？她怎麼不送我？」

另外一個又補充，「如果不是朋友、親戚，那應該就是如晚姊會做人，比較會跟主管溝通，講直接一點就是會看臉色啦。」

「妳們是好了沒有？有本事自己認真一點，經理就會疼妳們啦，妳們看看如晚那麼久沒有來上班，妳們四個人的業績，加起來也還沒有她的多，好意思說喔？」雅惠姊一吐糟，四個人都閉嘴了。

我從包包裡拿出我昨晚洗完澡，趁有精神的時候寫出來的簽單攻略。說真的四胞胎就算現在罵我婊子，我也不會怎樣，再怎樣都沒有我媽常說的那句「我就當沒有妳這個女兒」來得傷人。

我心臟很強，搖搖手上的筆記，「我把Q&A都整理好了，妳們要看嗎？」

四胞胎馬上異口同聲，「要！」

這就是現實。

她們認清這件事，我覺得她們以後都不會吃虧，賺錢才是人生最重要的事。上一秒再怎麼酸我，下一秒該拿的資源還是要拿，一定要學會見人說人話，見鬼說鬼話，人生才會順遂一點。

我把筆記給他們，她們開心得不得了，然後我端著咖啡去找經理。一進門，就看見她還是一樣的美麗優雅。「經理早安。」我笑笑的打著招呼，她也笑笑的看著我，請我入坐。

「謝謝經理，但我還得去巡一下之前簽約的客戶。」

「先坐。」她的語氣不容許我反對，我只好坐下，她也從辦公椅上起身，過來坐到沙發這裡。我微笑著把手上的咖啡放到她面前，「謝謝經理的照顧，這杯咖啡請妳喝。」

她淡淡的看了咖啡一眼，然後抬頭。

「妳認識柳清嚴嗎？」她問我。

我一愣，還沒有反應過來時，經理把桌上原本放著的公文袋拿起來，從裡頭抽出照片丟到我的面前。那是我和柳清嚴的各種合照，很剛好的都沒有安安，從他第一次送我回家，一直到昨天因為我跌倒，然後他伸手抱住我的照片，通通都有。

「怎麼會有……」這些照片，還把我拍的那麼醜？

經理沒有說話，又從身上拿出了她的身分證，她的配偶欄上，就印著柳清嚴三個字，我真的傻眼。

「妳是他太太？那個要求高額贍養費的太太？」

「看起來他跟妳說了不少我的事？」經理表情一變，冷冷的看著我。「也是啦，我都忘了他跟我吃飯吃到一半，接了個小孩的電話就衝了出去。」原來上次他說約見面的朋友是她。

「妳和我先生是怎麼回事？」她再問。

「朋友而已。」

她指著照片，「這樣叫只是朋友，但我看起來，該上的都上了？」經理仍用著她一派優雅的笑容，說出如此不堪入耳的話。我有些錯愕，看著這麼多的照片，我頓時覺得反胃。

「我和柳清嚴什麼事都沒有發生。」

「我是不信，但法官信不信，我就不知道了。」她微笑說著。

「什麼意思？」

「妳是在跟我裝傻嗎？告妳的意思啊，這樣不懂嗎？」

我看著柳清嚴第一次送我回家的照片，我頓時弄懂了什麼，「其實妳早就知道我和柳清嚴認識，妳卻一聲不吭，甚至特別錄用我，跟我接近，目的就是為了今天對吧？想探清我的底細？」

「還有阻止我先生越陷越深。」她坦誠的說：「柳清嚴和我只要一天沒有辦完離婚手續，他就是我的人。我只是想看看，讓他願意每天登門做飯，幫忙帶孩子的女人是誰。剛好妳來面試，我怎麼可以錯過這個機會。沒想到妳這麼普通，我當然更不高興啦，柳清嚴就算真的要談戀愛，也要找個比我好的。妳，我覺得不行。」

「他沒有要跟我談戀愛。」

「是嗎？那為什麼我剛才跟他說我要告妳的時候，他就擔心得馬上掛我電話？」經理一說完，柳清嚴就開門衝了進來，一把拉起我，就要把我推出去。我這才看到外頭跟著一堆看好戲的人。

「你敢直接帶走她試試看。」經理也站起身，放大音量，哽咽的說著，「我可以接受你不愛我，但你怎麼可以跟我的員工做出這樣的事？如晚，我看在妳帶著孩子辛辛苦苦的分上，給妳機會進來公司，對妳特別照顧，結果妳是這樣回報我的嗎？」

經理拿起照片，看似要丟向柳清嚴，卻是往更後頭丟，讓公司的員工都看到我勾引她老公的模樣。我在大家臉上看到了嫌棄的表情，但我不在乎，我心裡只有一個想法，就是他媽的又要換工作了。

我甩開柳清嚴的手，對著經理說：「妳是演夠了沒有？噁不噁心啊？」

「如晚，別說了。」柳清嚴緊張的制止我。

「我為什麼不能說？最無言的人是我好不好？被有目地的錄取進公司，虧我還把妳當成偶像救世主，我心裡有多尊重妳，妳知道嗎？結果妳看看妳這麼缺德，妳根本毀了我一個希望！妳如果不爽我跟柳清嚴當朋友，妳可以罵我，妳可以討厭我，我一定馬上離柳清嚴遠一點。結果妳不是，妳就這樣挖洞給我跳，然後硬把黑的說成白的？妳到底有什麼毛病？」

心裡到底要多扭曲，才會想要這樣害人？

「妳憑什麼教訓我？和別人老公過從甚密的人是妳，妳明知道他還沒離婚，為什麼還要跟他當然朋友？柳清嚴，五百萬根本彌補不了我的精神損失，我現在要求一千萬，如果你沒有，那別想我會放你走。」

我真的大笑出聲，「妳有精神損失，柳清嚴就沒有？妳知不知道他為了賺足贍養費，每天拚死拚活的跑外送，他到底是哪裡對不起妳了？」

「不愛我就是對不起我！是他自己說要愛我一輩子的，他沒有做到，就該付出代價，我要那些錢不過是剛好而已！」經理激動吼完，拿了咖啡就要往我身上潑。結果柳清嚴站到我面前，幫我擋住這一切。

下一秒，經理就給了柳清嚴一巴掌，「誰准你幫她擋的？」

「妳是鬧夠了沒有？」我氣得大吼。

結果她一轉身也給了我一巴掌，罵了我一句，「賤女人。」

我真心覺得不用再跟她客氣，也回了她一巴掌。下一秒我們扭打了起來，像我這種可以一次提四包垃圾下去丟的職業婦女，經理真的不是我的對手。最後我把經理壓著打的時候，柳清嚴先是拉開我，要去扶起經理的同時，經理撲向他，柔弱無助似的抱著柳清嚴大哭起來，「阿嚴，她打我，我一定要告死她，她怎麼可以打我？我也要告死你！你怎麼可以喜歡這種野蠻的女人？」

說的好像她都沒有動手一樣。

柳清嚴原本清澈的雙眼頓時充滿絕望。我不知道讓他感受到絕望的人，是我還是經理，我真心希望不是我，也更害怕是我。於是我上前一步，對著經理說：「妳要告我就去告！反正我葉如晚什麼都沒有，我也不用怕我失去什麼，妳放心！昨天我跟柳清嚴告白被拒絕，現場一堆人都是證人……」

「葉如晚！不要再說了！」柳清嚴大聲制止我。

但我覺得我現在不說，以後就沒有機會了，「所以妳根本不用擔心他喜歡我，我們什麼都沒有發生，如果妳真的要我為喜歡一個人付出代價，OK！我也認了，隨便妳想對我怎樣，我不會吭第二句話，但妳別把氣出到柳清嚴身上，真正可以讓一個人留在妳身邊的方法，不是找各種理由來威脅，而是證明妳自己值得被愛！」

他媽的，我自己婚姻都那麼失敗了，我還在這裡勸別人善良？

我看著柳清嚴，看了他最後一眼，「從今以後，我們就只是陌生人。」

我不捨的再看了最後一眼，也看著他的眼神從絕望，到泛起淚水的絕望。但我真的很開心，我的人生裡頭有一段都是他，這可能是老天爺給我最大的溫柔。

但我沒有資格再眷戀。

我轉身離開，在公司員工各種指指點點的眼神下，回座位拿了我的包包，把那條口紅留在桌上，然後徹徹底底離開公司。

卻意外在大門口碰上了徐柏傑。

倒楣到底有沒有極限？

我低著頭想當作沒看到他，但他拉住了我，露出關心的眼神問：「如晚，妳怎麼了？臉怎麼腫腫的？」

「你才怎麼了？」是被鬼附身嗎？明明那時候還惡狠狠的瞪著我，怎麼現在完全不一樣了，我覺得很可怕啊！他似乎看出我的害怕，忍不住尷尬的笑笑，然後放開我，「我只是想關心妳。」

「重點是你為什麼要關心我？」

「其實這兩天，我一直很想跟妳道歉。」

我覺得下一秒我會嚇哭，「你到底怎麼了？」

「柳清嚴來找過我很多次。」他說。

然後我懂了，「他去勸你不要恨我是嗎？」

「不是，他每次都來罵我。」

「所以呢？」

「我被他罵醒了。妳當初說過，因為家裡的關係，所以不想結婚，但我覺得我能陪妳承擔，所以要妳嫁給我。安安的事也是一樣，是我答應妳媽媽的，我也沒有做到，反而把所有的錯都怪在妳身上。甚至後來做出傷害妳的事，還這麼理所當然覺得自己是對的。」

我很不習慣，「你突然這樣，我很不適應。」

「我以為恨妳一輩子我就可以快樂，但其實我更不快樂，也傷害了另外一個女人。她一直在等我，可是我眼裡卻看不到她，是柳清嚴罵醒了我。」他抬抬下巴，讓我看著他下巴一道結痂的疤，「那天柳清嚴跑來給了我一拳，我流了很多血，她什麼都沒有問，在旁邊安靜的照顧著我，我突然覺得，想好好愛這個女人了……」

「你現在是在跟我說，你跟你外遇的對象要修成正果的意思嗎？」

「是，我們昨天去登記了。」他笑了笑，然後這一秒，我看到了當初剛開始和我相愛，那個單純善良的徐柏傑，他走出了自己給自己的魔咒。

「我不會為你開心的，因為我現在根本開心不起來，但我會祝福你。」我現在真的很感動，我看到他放過了他自己，也放過了一部分的我。但讓我更想哭的是那個該死的柳清嚴，直到此時此刻，他還是對我這麼好。

他不喜歡我，又這樣為我付出，他到底是哪裡有病？但我知道我永遠得不到答案，因為從此之後我們只是陌生人。

「謝謝，那妳……」

徐柏傑小心的想問點什麼，但是被我打斷，「我和你沒有關係！柏傑，我很謝謝你今天對我說這些話，但我們很難是朋友，也暫時不要是朋友。你好好過你的生活，好好和另外一半經營未來。至於我，如果你偶爾想到我的話，在心裡祝福我就好。」

我給了他一個微笑，他也明白的給了我一個微笑。然後我轉身走人，我沒有回頭，把徐柏傑、公司、經理還有柳清嚴都丟到了身後。

我只能向前，我已經沒有辦法回頭。

我搭上公車，決定提早去看看我爸。本來想下班的時候再去看他，但現在連班也不用上了。我這個不孝的女兒，只能提早去抱住我爸大腿，現在唯一留在我身邊也不會離開我的人，就只有他了。

我看著窗外，想著剛剛發生的一切，終究忍不住紅了眼眶。不過就是短短幾個小時，我好像過了幾年那般的滄桑。眼淚差點掉下之前，我聽到了後頭乘客的驚呼聲，「天啊，沒想到楊健有兒子。」

我心一凜，又聽到後頭的對話聲。

「真的假的？」

「真的啦，妳看！他在他的ＩＧ直播啊！」

我馬上起身，靠到那兩名乘客旁邊看著。她們兩個先是嚇了一跳，但很快跟我一樣被手機畫面裡的楊健吸引住。直播的場所好像就是他的飯店房間，他正誠懇的向各位影迷道歉。

「首先，很謝謝支持我及等待我的影迷。就像我剛才貼文寫的那樣，我有了個六歲半的兒子。很難解釋清楚為什麼我突然多了個兒子，但我很開心，我這輩子最愛的女人葉如晴，留下了最珍貴的寶貝給我，我很感謝她，很感謝上帝沒有奪走我全部的希望。未來的日子，我會以陪伴我的兒子為最優先，原本重新拍戲的計畫，目前仍是暫時停止。至於見面會將會取消，全面退款。謝謝大家！」楊健起身向大家深深一鞠躬，然後關掉了直播，回到了他的生活。

我為安安開心，終於有人能全心全意為他付出，但是乘客不開心，「說取消就取消，什麼東西啊？我好不容易搶到票耶。真的很不敬業！」

我沒好氣的瞪了她一眼，「不然妳去幫他顧小孩啊！」

乘客嚇了一跳，直接回了我一句，「神經病。」

好啦，我的確有點神經。尷尬的想回到座位上，結果剛好到站，我只好快步衝了下車，真的是太丟臉了。

然後，在走去療養院的路上，楊健打了電話給我。我接起來，以為他要跟我說直播的事，但他卻說：「我想見安安的外婆一面。」

「你瘋了嗎？不用見，你最好馬上帶著安安出國生活，越遠越好。」要是讓我媽知道安安是楊健兒子，她一定馬上就會攀上去，然後死也不放。

「我知道妳在擔心什麼，阿嚴提了一下家裡的狀況，但越是這樣，我越覺得有必要見一次面。再麻煩妳幫我約時間，我基本上隨時都可以。」

「再說吧。」我真的不想害楊健。

我掛掉電話，走進了療養院，原本都有人在的櫃台，今天特別空。但我沒有多想，往我爸病房去的時候，就聽到葉如明的聲音從病房裡傳了出來，氣呼呼的說：「你們給我爸吃這個是什麼鬼東西？」

下一秒，我聽到東西打翻在地上的聲音。

我推開門走了進去，就看到櫃台小姐和幾名看護一臉害怕的看著葉如明，見到我來，匆忙跑了出去。我有些傻眼的走過去，葉如明一看到是我，很不爽的說：「如晚，妳是怎麼找的？這間養護中心一點都不及格，這算什麼食物？是餿水吧？妳到底有沒有在照顧爸爸？」

我看著一身氣派的他，冷笑，「發達了？成功了？」

他笑笑說著，「還可以。」

「如果你覺得我沒有照顧好爸，可以換你照顧他，去找間你覺得及格的養護中心，每天都來這裡陪爸爸。」

他表情一變，「我忙呢，我很快又要回上海了。」

「那你在叫屁啊？一日兒子在這裡叫囂什麼？」

葉如明有錢了，不需要有求於我，當然會對我大聲了，「妳這是什麼態度，我是妳哥！妳放尊重一點。」

「錢拿出來，我就尊重你，你做生意賠錢拿房子抵押的房貸是我先付的。還有爸住療養院的費用，你是兒子，那就一人一半，兩年多的時間，我算你兩年就好，二十四個月，你給我八十四萬。」

「妳瘋了喔。」他嚇死了。

「你他媽的才瘋了，欠錢跑掉的人是你，害爸氣到中風的也是你，你怎麼有臉在這裡跟我大小聲，就知道過你自己的生活，媽媽也不照顧。我倒是想問你怎麼有臉站到我面前，是人都該對我有些愧疚！」

「我這不是回來看爸了嗎？我還買了東西要給他吃。」

「爸能吃嗎？他現在只能灌食，我看你是想直接害死他吧。」

「葉如晚，妳不要得寸進尺喔！妳就是這個死樣子，我和媽才疼不了妳，一副自以為是的樣子，看了就噁心。妳是爸的女兒，妳照顧他也是應該的，現在跟我討什麼功勞啊！」

「我是跟你討錢，跟你這種人講功勞，你聽得懂嗎？」

「葉如晚妳！」葉如明大聲的吼著我。然後病床上的我爸咳了兩聲，一日孝子葉如明急忙上前去問我爸有沒有怎樣，有沒有哪裡不舒服。我多想告訴他，到底要多可悲才會連自己爸爸出了什麼事都不知道？

此時，我媽衝了進來，看到兒子回來開心死了，推開了我這個擋路的女兒，抱著葉如明都快哭了，「兒子，你回來了，你真的回來了，媽媽好開心啊！」然後打量著葉如明全身上下，「看你現在這樣，媽媽就知道你一定會成功，果然是我最棒的兒子。」

好好笑喔，這是什麼狗血劇。

葉如明被我媽捧得都快飛上天，但當我媽說了一句，「你是不是特地回來救媽媽的？葉如晚不管媽媽死活，還是你孝順媽媽……」葉如明一聽，馬上推開我媽，保持一點距離的說：「媽，酒駕就是妳不對，妳就跟那個人說妳沒錢就好了，真的被關，我會去看妳的。」

我媽一臉鐵青，我都快笑死了。

葉如明繼續說著，「我也沒有妳說的成功啦，是剛好合夥人在台灣找到金主願意投資，我只好回來幫他談談。其實我也沒有什麼錢啊，怎麼幫妳啊！妳就勇敢的承認錯誤！妳看看妳都這年紀了，還老是搞事讓我們這些兒女擔心，妳這樣真的不可以……」

我媽好像頓時發了瘋一樣，衝過去打著葉如明，「從小我最疼你，現在出事了，你就把我踢到一邊！要不是我拿房子出來抵押，你早就被高利貸抓去填海了，你居然還敢跟我說這樣的話，不孝子啊你！」

葉如明受不了被我媽當小孩子一樣打，用力推了我媽一把，結果我媽跌倒，撞上了我爸的病床，也跟著撞上了我爸。我媽更是氣憤的奮力起身拉扯著葉如明，兩人對罵著。我擔心的衝過去看我爸，見我爸呼吸越來越急促，我嚇得喊，「叫人來，快叫人來！」

他們還在對彼此叫囂著，看到我爸的狀況越來越不對，我崩潰大吼，「叫人來啊！」我媽和葉如明這才發現有異，葉如明衝出去叫人，我媽嚇得待在原地哭著。

可是，有很多事，是眼淚無法解決的。

像是我爸的這條命。

就算是醫生來了，護理師來了，進行各種急救，還來不及送去醫院，我爸就在救護車上斷了氣。那個我唯一的親人也離開我了，我站在停屍間外頭，覺得自己全身冰冷得像是才該躺在裡面的人。

突然安安抱住了我，哭紅了眼睛，一句話也不敢說。

我這才發現楊健也來了，一臉很想安慰我什麼，卻什麼也安慰不了的樣子。他只能上前伸手拍拍我，但就在他上前一步時，我看到了他身後不遠處的角落，柳清嚴站在那裡。

我一看到他就轉過身去，我不想看到他的表情，也不想看到他的眼神，他就是陌生人，永遠的陌生人。我丟了一句話給楊健，「別帶安安來這種地方。」準備上樓時，看到了我媽和葉如明，他們一臉害怕的看著我。

我媽先推卸責任的說：「都是如明，要不是他太不孝，我才不會跟他吵。」

「媽，妳這樣說很過分，好像都是我的錯一樣，明明妳也有錯。」

兩人又在我面前吵了起來，吵得不可開交。我根本不想聽他們在吵什麼，我的腦海裡，只有我和我爸之間的回憶。雖然不多，卻一直從我腦子裡跑過。我想找個安靜的地方，好好思念我爸，想離開時，葉如明拉住了我，「妳要去哪裡？禮儀公司的事我不懂，妳要去跟他們談啊。」

我冷冷的看著葉如明說，「你是誰？」

「妳發什麼瘋啊，我是妳哥！」葉如明氣得要死。

「我沒有哥哥。」我說完後又看了我媽一眼，「我也沒有媽媽，我唯一的親人只有我爸，但是他死了，被你們害死了。」葉如明和我媽的表情一凜，呆站在原地。我想走人，可是我發現我的腳步完全動不了，無論我怎麼努力都動彈不得，結果下一秒，我失去了意識。

我看到了我爸。

他沒有中風，他人好好的，挺著他那顆圓滾滾的肚子，正摸著只有十歲的我說：

「晚晚啊，辛苦妳了，從現在開始，去做妳想做的事吧！別再管那些妳管不了的事，爸爸跟妳打勾勾，下輩子，爸爸一定只生妳一個女兒，然後全心全意的疼妳一個。」

我以為我爸會抱住十歲的我，但他卻轉身抱住現在的我，「謝謝妳，我的如晚，因為有妳，才知道我這個爸爸還不算太失敗啊。」

我哭了出來，喊了千百次的爸爸，然後我爸消失在我懷抱中，從今以後，也消失在我的生活裡。

當我再次醒來，已經又是三天後了，安安躺在我旁邊，睜大眼睛盯著我。見我醒來，他掉下了眼淚。我虛弱的伸出手摸著他的頭，對不起害你擔心我這幾個字，我的喉嚨乾得說不出口。

安安明白，他也伸出手摸著我的頭，「媽媽，不要痛，阿公會擔心。」

我哭了出來，緊握住他的手，然後我聽到房間外的小客廳傳來對話的聲音，是我媽和楊健，我媽的啜泣聲止不住，好像多委屈一樣。

「一個月兩萬太少了。」我媽說。

楊健客氣的回應著，「這是我能力範圍所及，妳也可以不要，我不勉強，我很謝謝妳生下如晴，也答應讓如晴生下安安，這是我能給妳的回報。至於酒駕的事情，我也會幫妳處理，唯一的條件就是，不管妳想要找安安，還是找如晚，都要先透過我來轉達。」

我媽的啜泣聲停止，有些指責的說，「你這是什麼意思？」

「如晴和我在一起的時候，說過她這輩子最感激的人就是如晚，就連我們說到以後結婚買房子，如晴都說要留一間房給如晚，我只想保護如晴最想照顧的人。」楊健回應著。

「你這意思好像我都在欺負如晚一樣，她是我女兒！」

突然柳清嚴的聲音也出現，「難道妳對如晚很好嗎？」我媽噤聲。柳清嚴繼續說：「妳是怎麼對待妳嘴裡的女兒，其實妳自己很清楚，我也不想再多說，我只希望妳能善待妳口中的女兒，如果妳現在可以衣食無憂，那就放如晚自由！」

「我什麼時候沒有給她自由了？」

「在妳不時強調她是妳女兒的同時，妳就綁住她了。沒有人該為誰的人生負責，就算妳是如晚媽媽，她為妳做的也夠多了。當然妳也可以繼續煩如晚，只是剛剛阿健說的條件就不會成立。」

「沒錯，接下來我會帶安安回美國生活，如果妳答應，我可以照顧妳，但如果妳不願意，那就當我今天沒有說過這件事。」楊健補充完，外頭突然一片安靜。

這是要我媽在我和錢之間做出選擇。

其實身為她的女兒，我有一絲絲希望她拒絕，是因為捨不得我這個女兒，而不是要我繼續無條件為她付出。最後，我聽到我媽說了一句，「我答應你，反正如晚一個月也沒有本事給我兩萬生活費。」

有人說哭著哭著就會笑了，可能就是我。

我笑了，笑我的自作多情，我在我媽心裡始終如一的什麼也不是。

柳清嚴再補了一句，「還有，葉如明欠的債務，他自己去還，不能再要如晚負責。」

我媽急死了，「可是他如果沒有錢還房貸，房子被收走了，我要住哪？」

「負責要葉如明準時還錢，就是葉媽媽的工作了。」柳清嚴淡淡說著。

「怎麼可能，如明那麼皮！」

「今天葉如明會這樣，那更是葉媽媽的責任了。」柳清嚴這句話，讓我媽無法反駁，很不開心的起身走人。

楊健喊住了我媽，「葉媽媽，妳還沒有回答阿嚴的問題。」

我媽不爽的回了一句，「聽到了啦，那酒駕的事，你們一定要處理喔！」然後我聽到了開門聲。

安安緊握著我的手說，「奶奶走了，媽媽不要怕。」

我苦笑，下了床走到客廳，看到兩個男人筋疲力竭的癱在沙發上。應付我媽真的是一件最累人的事，我真的明白那有多消耗體力。他們看到我站在旁邊，同時站起身來，我沒看柳清嚴，我只看著楊健說了一句，「謝謝。」

楊健客氣的笑笑，然後看看我，又看看柳清嚴，最後對安安說：「安安，爸爸帶你出去買東西給如晚媽媽和清嚴叔叔吃好不好？」

「好啊。」安安跑向楊健的同時，先把柳清嚴往我這裡推了一把，然後拉著楊健快步走出去，在門關上之前，我聽到了安安問楊健，「爸爸，如果清嚴叔叔和媽媽結婚了，我還要叫媽媽嗎？這樣是不是很奇怪？清嚴叔叔會不會生氣？」

楊健笑笑，「你也可以改叫清嚴爸爸啊！」

「對耶。」安安笑開懷。

聽著他們的腳步聲離去，我唯一的感想，就是這間飯店的隔音真的很不及格，等我睡醒了，我要去客訴。

我想當柳清嚴不在場，再回床上睡覺時，柳清嚴喊住我，「如晚！」

我掙扎了很久才回過頭，「不是說過是陌生人嗎？」

「妳知道我們不可能當陌生人。」

「那你要跟我當姦夫淫婦嗎？」

「如晚！」

「叫什麼叫啦？你能不能不要再干涉我的事了，你沒有資格好嗎？」

「我知道，我只想跟妳說，我不會讓立妤告妳的。」

「你喜歡我嗎？」我忍不住問。他一愣，沒有說話。「不喜歡我的話，就別管我的事。如果喜歡我，就更別插手這件事。她想對我怎樣都隨便她，我不在乎。我只在乎你會不會真的欠一千萬，我只在乎你啊，柳清嚴，你到底有沒有搞清楚狀況？」

他看著我，無言以對。

我很殘酷的說：「你現在一句話都沒辦法跟我說，請問我們之間還能說什麼？你一直出現在我面前，一直私下關心我、照顧我又有什麼意義？我真的看不懂耶。放過我好不好？別讓我再越陷越深了可以嗎？」

一千萬真的很多，我不想害他真的得因為我背那麼多的債。

他心痛又不捨的看了我一眼後，轉身離開。

我整個人虛弱的癱坐在地上，忍不住想，明明隔音這麼爛的飯店，為什麼這次卻連他離開的腳步聲，我都聽不到？

我又氣又嘔又難過，但我沒有哭，因為在我要哭出來時，腦子裡又想起夢裡我爸對我說的那句話，「去做妳想做的事。」

我現在可以確定，我最想做的事，就是和柳清嚴在一起。

默默的下了人生裡最重大的一個決定。

尾聲

四百七十五天。

距離柳清嚴那天離開我，已經過了一年多，他沒有再出現在我的面前，而我也沒接到什麼存證信函，那個說要告死我的女人沒有告我，所以應該是柳清嚴真的欠了她一千萬。

辦完我爸的後事，我媽媽就拿著楊健給的生活費自由自在生活，然後每天打給葉如明要他記得還錢。葉如明要談合作的金主，剛好又是楊健的朋友，所以葉如明如果想要成功，最該巴結的人就是楊健，他只好乖乖還錢。

他們沒有人敢煩我。

就連楊健帶著安安去美國了，我媽和葉如明也不敢煩我，我總算得到真正的平靜。但我也沒有留在台北，我到了南部，決定和巧漫媽媽一起做生意。

巧漫媽媽負責果園裡的工作，我負責銷售。

當我這麼提議時，巧漫雖然嚇了一跳，也是支持我的決定。沒有人過問我柳清嚴的事，他在我生活裡的痕跡，好像完全消失了一樣。

大家都怕我傷心，尤其是卓元方店裡那個叫外送的弟弟，每次收成來幫忙時都不敢正眼看我。其實我很想跟大家說，我沒有傷心，一點都沒有，因為我正在做我想做的事。

我調度著採收的人手，準備將最後一批大貨出去時，我接到了楊健的電話，「幹嘛？又跟安安吵架了？」這兩父子最近真的老是吵架，一個跟我抱怨兒子太有想法，一個跟我抱怨爸爸太過婆媽。

「沒有啦，我們下星期回台灣。」

「回來幹嘛？」

「欸妳怎麼這樣說，妳不想安安嗎？」

「他每天都一定要跟我視訊，就連我拉屎的時間也不放過，你覺得我會想他嗎？」一天沒有接安安的視訊電話，他就說我變心。我為了證明我的忠心，我真的是連上個廁所都要帶手機進去。

楊健笑了笑，「下星期如晴忌日啊，要回去看看她。」

我這才驚覺我差點就錯過了，「我整個忘了，還好你有提醒我。」

「妳太忙了。我真的不懂，妳現在又沒有經濟壓力，幹嘛這麼拚命？不會葉媽媽還是葉如明又跟妳要錢了？」

「他們不敢。」

「那妳幹嘛那麼衝啊。」

「我是在做我想做的事。」我說。

「每次都同一句話，我都會背了！對了，阿嚴……」全世界就他最勇敢，敢跟我提柳清嚴的事。

但我從不讓他有機會說出口，「我收訊不好。」我打斷了楊健。

「最好每次講到阿嚴就收訊不好，妳真的不想知道他最近在幹嘛嗎？」

「不想。」在我還沒有準備好的時候，我什麼都不想知道，「好了，我知道你們下星期要回來了，說完的話，我要去準備出貨了。」楊健還沒回話，我就直接掛斷。

雖然很想念柳清嚴，我還是努力強迫自己回到工作上。

只有錢才是真的，只有賺錢才能解決一切。

我拿出我的存摺，看著上面的金額，這一年來的幫果園轉型跟打知名度的努力沒有白費，再堅持一下下，我就可以達成願望了。

我在安安和楊健回台灣之前，努力的將大貨出完，這樣我才能安心的上台北跟兒子見面玩樂。

「媽，妳真的不跟我去？」我問著巧漫媽媽，我忘了是哪一天起，她要我這麼喊她，然後我就真的喊了。喊到得心應手，就再也改不掉了。

「我等妳帶安安回來玩啦，我跟阿好約好要去進香啊。」

於是我只好隻身上台北，跟兒子重逢。雖然我嘴巴說煩，但看到安安長高，高到我快抱不動了，還是忍不住眼眶泛紅。免不了被楊健調侃了一下，「不是說視訊都看膩了。」

我沒好氣的瞪了一下他，然後一起去看如晴。陪如晴說了一下午的話之後，我本來想去找巧漫，但楊健卻約我吃飯。我看了他一眼，知道他不安好心，「你幹嘛？明天再吃也可以啊。」

「今天去吃啦。」

「你老實說，你是不是有約誰？」

「約誰？」

「誰知道。」

「沒有啦，吃飯的真的只有我們三個，還是妳想約阿……」

他嚴字還沒有說出口，我馬上就叫他閉嘴，「你真的很煩。」

「我覺得妳比較煩！我真的搞不懂妳們這些女人，那個陳立妤是一結婚就找徵信社監控阿嚴的一舉一動，因為她說她很不安，阿嚴就得每天安撫她，還要報告行程，最後盧到阿嚴放棄模特兒工作！然後妳是明明很想阿嚴，可是死不說，也死不承認，還跑去南部工作，故意離他那麼遠，到底是想怎樣啊？」

「我就是為了以後要光明正大想他，才這麼努力的。」

楊健聽不懂，「隨便啦，反正肚子餓了去吃飯啦！」見我猶豫，他就叫安安攻擊我。我拿兒子沒輒，只好答應去吃飯。一路上，楊健都信誓旦旦的說他真的沒有約柳清嚴。看在他這麼誠懇的分上，我也只能相信他。

到了餐廳，楊健去停車，我跟安安先進去，說了是楊健的訂位後，店員帶著我到包廂裡。我真心覺得怪，小心的往包廂看去，見到沒有人，安心了一些，又再跟店員確認訂位人數是不是只有三人，她說是。

我才鬆了口氣。

「媽，我有點想拉屎。」

「去。」我白眼，「你知道在哪嗎？」

「剛進來的時候有看到。」

「好，那你自己小心一點。」

安安點點頭後離開包廂，就剩我自己一個人。翻著菜單，發現菜單上的菜色，柳清嚴幾乎都做給我和安安吃過。難怪我要去鄉下，因為光是菜色都能讓我想起柳清嚴，看我有多弱。

此時，好像店員又走了進來，問我，「決定好了嗎？」

我聽著這聲音，一凜，心跳加速的抬頭一看，居然是柳清嚴。他穿著廚師服，我突然明白了什麼，「你是廚師？」

「老闆。」

「這店是你開的？」

「嗯。」他笑笑的坐到我面前，聽到他是老闆，我整個人都不對勁了，不爽的說：「老闆可以不經過客人同意，就坐下來跟客人說話嗎？」

「我現在暫時不是老闆。」

「什麼意思？」

「我現在是以柳清嚴這個男人的身分坐在妳面前。」他微笑的看著我。

然後我好像聽懂了什麼，「你單身了？」

「半年前。」

「她怎麼肯放過我？也放過你？」

「因為我拿出了她之前對我家暴的驗傷單。」我突然明白了，其實柳清嚴手裡一直有經理的把柄，但他覺得自己不愛她，已經是給她最大的傷害了，所以盡可能彌補她，達到她的要求，希望他們還是能好聚好散，卻沒有想到會是這樣的結局。

我能理解他，同時覺得自己好像被他賞了一巴掌。我起身要走，結果柳清嚴一步就站到我面前，「妳為什麼生氣？不是妳自己跟阿健說妳不想知道我的事嗎？」

「那你為什麼現在又要告訴我？」

「因為我不想等了。」他說完，把我拉了過去，吻了我一下。我真的是氣到最高點，馬上哭了出來。他嚇一跳，「妳怎麼了？如晚……」

我忍不住大罵，「你不是應該欠一千萬嗎？怎麼還有錢開店？」

「我沒有欠一千萬啊！」

「那五百萬呢？你沒欠一千萬，至少也還欠五百萬啊！我這麼努力賺錢就是為了要贖你回來啊。」我打開手機裡的銀行ＡＰＰ，讓他看看我有多努力存錢，「我就是想讓你自由啊。我不想從阿健口中聽到你的消息，是因為我以為你如果自由了就會來找我，我知道你心裡有我！結果呢？你沒欠錢了，你單身了，你當老闆了，然後不來找我，現在還好意思吻我？」

柳清嚴感動的緊抱住我，「對不起，我不知道妳也為了我在努力！我希望妳遠離我和立好的戰爭，因為等我解決了一切才有資格站到妳面前。我現在有資格了，如晚，我什麼話都可以對妳說了，我愛妳，我要跟妳在一起。」

他媽的，我本來應該要再傲嬌一下的，結果我還是沒志氣的回抱著他，「我好想你。」

每天，每天都好想你。

「我會努力愛妳很久很久。」

「我也會努力證明我值得你愛我很久很久。」這次換我吻住了他，然後我從門縫裡看到了楊健、安安、巧漫和卓元方。我直接拉開門，很大方的讓他們看個夠。從今以後，我是個富有的人，因為我擁有了柳清嚴，我做了這輩子最想做的事。

愛或不愛從來就都沒有錯，錯的都是我們，不懂得怎麼去愛。

【全文完】

國家圖書館出版品預行編目資料

有一種寂寞是你忘了怎麼愛我／雪倫著. -- 初版. --
臺北市；商周，城邦文化出版；家庭傳媒城邦分公
司發行, 民 109.01
面　；　公分. --（網路小說；285）

ISBN 978-986-477-781-5（平裝）

857.7　　108022729

有一種寂寞是你忘了怎麼愛我

作　　者／雪倫
企畫選書人／陳思帆
責任編輯／陳思帆

版　　權／黃淑敏、翁靜如
行銷業務／莊英傑、李衍逸、黃崇華、周佑潔
總 編 輯／楊如玉
總 經 理／彭之琬
事業群總經理／黃淑貞
法律顧問／元禾法律事務所　王子文律師
出　　版／商周出版　城邦文化事業股份有限公司
台北市104民生東路二段141號9樓
電話：(02) 25007008　傳真：(02)25007759
E-mail:bwp.service@cite.com.tw
發　　行／英屬蓋曼群島商家庭傳媒股份有限公司 城邦分公司
台北市中山區民生東路二段141號2樓
書虫客服服務專線：02-25007718；25007719
服務時間：週一至週五上午09:30-12:00；下午13:30-17:00
24小時傳真專線：02-25001990；25001991
劃撥帳號：19863813；戶名：書虫股份有限公司
讀者服務信箱：service@readingclub.com.tw
城邦讀書花園：www.cite.com.tw
香港發行所／城邦（香港）出版集團有限公司
香港灣仔駱克道193號東超商業中心1樓
E-mail：hkcite@biznetvigator.com
電話：(852) 25086231　傳真：(852) 25789337
馬新發行所／城邦（馬新）出版集團【Cité(M)Sdn. Bhd.】
41, Jalan Radin Anum, Bandar Baru Sri Petaling,
57000 Kuala Lumpur, Malaysia
電話：(603) 90578822　傳真：(603) 90576622

封面設計／李東記
版型設計／鍾瑩芳
排　　版／游淑萍
印　　刷／高典印刷有限公司
總 經 銷／聯合發行股份有限公司
電話：(02) 2917-802　傳眞：(02) 2911-0053

■ 2020 年（民 109）1月7日初版　　Printed in Taiwan

定價／260元

ISBN　978-986-477-781-5

廣　告　回　函
北區郵政管理登記證
台北廣字第000791號
郵資已付，免貼郵票

104台北市民生東路二段 141 號 2 樓

英屬蓋曼群島商家庭傳媒股份有限公司　城邦分公司

請沿虛線對摺，謝謝！

書號：BX4285　**書名**：有一種寂寞是你忘了怎麼愛我　**編碼**：

請於此處用膠水黏貼

商周出版

讀者回函卡

感謝您購買我們出版的書籍！請費心填寫此回函卡，我們將不定期寄上城邦集團最新的出版訊息。

不定期好禮相贈！
立即加入：商周出版
Facebook 粉絲團

姓名：＿＿＿＿＿＿＿＿＿＿ 性別：□男 □女

生日：西元＿＿＿＿＿年＿＿＿＿＿月＿＿＿＿＿日

地址：＿＿＿＿＿＿＿＿＿＿

聯絡電話：＿＿＿＿＿＿＿＿ 傳真：＿＿＿＿＿＿＿＿

E-mail ：

學歷：□ 1. 小學 □ 2. 國中 □ 3. 高中 □ 4. 大學 □ 5. 研究所以上

職業：□ 1. 學生 □ 2. 軍公教 □ 3. 服務 □ 4. 金融 □ 5. 製造 □ 6. 資訊
□ 7. 傳播 □ 8. 自由業 □ 9. 農漁牧 □ 10. 家管 □ 11. 退休
□ 12. 其他＿＿＿＿＿＿＿＿

您從何種方式得知本書消息？

□ 1. 書店 □ 2. 網路 □ 3. 報紙 □ 4. 雜誌 □ 5. 廣播 □ 6. 電視
□ 7. 親友推薦 □ 8. 其他＿＿＿＿＿＿＿＿

您通常以何種方式購書？

□ 1. 書店 □ 2. 網路 □ 3. 傳真訂購 □ 4. 郵局劃撥 □ 5. 其他＿＿＿

您喜歡閱讀那些類別的書籍？

□ 1. 財經商業 □ 2. 自然科學 □ 3. 歷史 □ 4. 法律 □ 5. 文學
□ 6. 休閒旅遊 □ 7. 小說 □ 8. 人物傳記 □ 9. 生活、勵志 □ 10. 其他

對我們的建議：＿＿＿＿＿＿＿＿＿＿

＿＿＿＿＿＿＿＿＿＿

＿＿＿＿＿＿＿＿＿＿

請於此處用膠水黏貼